… ai 2007,

… 'année

… des conversations

… mon bureau,

ce livre qui n'appartient pas à la "chick lit" !

Bien amicalement et Merci.

Evelyne [illegible].

Changer la vie

mon enfance
et
ma jeunesse

DU MÊME AUTEUR

Aux Éditions Bernard Grasset :

L'Évangile éternel (étude sur Michelet).
Caliban parle.
Conversion à l'humain.
Journal d'un homme de quarante ans.
Jeunesse de la France.
Journal d'une révolution (1936-1938).
La Foi difficile.
Sur le chemin des hommes.
Ce que je crois.
La Mort des autres.
Carnets du vieil écrivain.
Dernières lumières, derniers plaisirs.
Entre le passé et l'avenir (introduction de Pascal Ory).

Jean Guéhenno

Changer la vie

mon enfance
et
ma jeunesse

Bernard Grasset
Paris

Jean Guéhenno / Changer la vie

Jean Guéhenno est né en 1890 à Fougères, pays de sa mère. Son père était du Morbihan (un village y porte le nom de Guéhenno). Ses parents étaient tous deux ouvriers dans la chaussure, principale activité de la petite ville bretonne. Son père fut le premier ouvrier à être conseiller municipal. Plein de respect pour le savoir, il mit son fils au collège, où il prit, par les livres, le goût des idées et de la beauté. Mais il dut le quitter à 14 ans, pour entrer, comme employé, à l'usine. Malheureux, il décide de préparer, seul, le bachot. Les loisirs que lui donne la longue et dure grève de 1906 l'y aident. Elle comptera pour lui à d'autres titres : Jaurès vient à Fougères. Il relance le courage des grévistes, leur parle de leur dignité, magnifiquement. Le jeune Jean Guéhenno n'oubliera jamais. Bachelier en 1907, il obtient une bourse pour la khâgne de Rennes, qu'il quitte en 1910, licencié de philosophie, pour le lycée Louis-le-Grand de Paris ; en 1911, il est reçu à l'École normale supérieure de la rue d'Ulm. Il y apprend le grec, lit intensément, se fait des amis.

1914. La guerre. Il la fait dans l'infanterie. Il voit mourir d'innombrables camarades, et fera revivre cinquante ans plus tard cette « blessure à l'âme », qui ne devait jamais guérir : la Mort des autres *(1968). Gravement blessé lui-même en 1915, il sert à l'arrière jusqu'en août 1919.*

Commence alors, d'abord dans le Nord, ensuite à Paris,

une vie de professeur, qu'il fera presque tout entière en khâgne, formant des générations de normaliens.

Dès le lendemain de la guerre il a commencé aussi une vie d'écrivain. Des articles dans diverses revues le font remarquer de Daniel Halévy, qui fait paraître chez Grasset son premier livre : l'Évangile éternel. Étude sur Michelet *(1927), suivi dès 1928 par* Caliban parle. *Caliban, c'est le peuple, au nom duquel il parle avec lyrisme et violence. Le livre fait grand bruit. Romain Rolland le presse de prendre la direction de la revue* Europe, *qu'il dirigera jusqu'en 1936. Ces années d'*Europe *représentent une activité intense : Jean Guéhenno est à l'affût de vrais écrivains. Son principe : ne jamais céder au « copinage », ne tenir compte que du talent et de l'esprit de vérité, cela entraînant parfois des contradictions car la vérité intérieure de l'un peut n'être pas celle de l'autre. Il révèle Jean Giono, Louis Guilloux, a toutes sortes de collaborateurs prestigieux, avec lesquels il entretient des correspondances : Berl, Gide, Giono, Malraux, Martin du Gard, Montherlant... Lui-même tient une rubrique régulière : « Notes de lectures » : il y célèbre, le premier en France,* la Montagne magique, *de Thomas Mann ; parle avec chaleur de* la Condition humaine, *de Malraux, de livres de Lawrence, de Trotski, d'études sur les grands classiques, français et étrangers ; se tient au courant de ce qui se passe un peu partout dans le monde. Il est en rapport constant avec son ami Jean Paulhan, qui de son côté dirige la* NRF. *Son aide la plus précieuse lui vient de Romain Rolland qui, de Suisse où il vit, le renseigne, le conseille et lui envoie des articles. Leur correspondance, préfacée par Malraux, a été publiée en 1976 sous le titre* l'Indépendance de l'esprit.

Il dirige également, dans ces années 30, une collection, chez Grasset, « Les Écrits », et publie : Conversion à l'humain *(1931),* Journal d'un homme de quarante ans *(1934),* Jeunesse de la France *(1936),* Journal d'une Révolution *(1939). En 1936, il a créé avec André Chamson et*

Andrée Viollis l'hebdomadaire Vendredi, *qui traite plus directement des grands problèmes politiques de l'époque : montée des fascismes, procès de Moscou, guerre d'Espagne.*

1939. Seconde Guerre mondiale. Il reste silencieux tout le temps de l'Occupation, entre dans la Résistance, fonde avec Jean Blanzat, Jacques Decour, Jean Paulhan, Édith Thomas... le journal clandestin les Lettres françaises, *publie aux Éditions de Minuit* Dans la prison, *sous le pseudonyme de Cévennes. En 1943, il est rétrogradé par Vichy.*

A la Libération, nommé inspecteur général de l'Éducation nationale, il crée une Direction des mouvements de jeunesse et d'éducation populaire, tentant de réaliser l'espérance de sa vie : ouvrir à tous l'accès à la culture. Il démissionne en août 1945 et fait alors, pendant des mois, une tournée de conférences à travers toute l'Amérique du Sud. Orateur-né, il parle avec passion du drame qu'a traversé l'Europe. Immense succès. A la fin de 1945, il prend ses fonctions d'inspecteur général, qui le mèneront, jusqu'en 1961, partout en France et en Afrique francophone. Dans les intervalles de ses tournées, il donne de nombreux cours et conférences à travers le monde. Il écrit aussi dans divers journaux, principalement au Figaro, *où l'a appelé son ami de Résistance François Mauriac, au* Monde, *au* Soir *de Bruxelles, etc. La liste de ses articles est considérable. Et il publie son* Journal des années noires *(1947), tenu pendant l'Occupation et devenu depuis pour les historiens une référence essentielle, puis* Jean-Jacques. Histoire d'une conscience, *grande biographie de J.-J. Rousseau, commencée pendant la guerre;* Aventures de l'esprit *(1954);* la France et les Noirs *(1954);* la Foi difficile *(1957) [foi humaniste];* Sur le chemin des hommes *(1959) [problèmes de l'éducation];* Changer la vie *(1961);* Ce que je crois *(1964);* Caliban et Prospero *(1969), qui forme avec le* Caliban parle *de sa jeunesse le deuxième volet d'un diptyque : même obsession profonde de fidélité au peuple, même interrogation sur la culture;* Carnets du vieil écrivain *(1971) et son dernier livre,* Dernières lumières, derniers plaisirs *(1977). Un livre posthume,* Entre le passé et l'avenir, *réunit ses principaux articles d'*Europe *(1979). Il est, à partir de 1962, membre de l'Académie française.*

En 1978, célébrant avec passion Voltaire, et la liberté, Rousseau, et la fraternité, au moment du bicentenaire de leur mort, il est frappé par l'accident cérébral qui devait l'emporter le 22 septembre.

Changer la vie *parut en 1961. Ces mots, Jean Guéhenno les fait suivre en épigraphe de : « Karl Marx, Arthur Rimbaud, tant d'autres. » La réunion, insolite, de ces noms est pleine de sens. Ces trois mots l'ont hanté toute sa vie. On les trouve très tôt, jetés sur des feuilles volantes, dans son Journal, dans ses livres. Ils représentent sa foi et son rêve : changer la vie des hommes, c'est les arracher à la misère et, par la culture, qui ne doit être refusée à personne, les amener à la conscience. Il est, toute sa vie, resté fidèle à la belle devise de Michelet qu'il avait faite sienne : « Être soi de plus en plus pour être frères de plus en plus. »* Changer la vie *devrait, pour chacun, commencer par une révolution intérieure. Ce livre est le récit de ce que fut pour lui le passage d'une vie subie à une vie dominée. Il raconte son enfance de « roi en sabots » dans une vieille ferme de la campagne bretonne, royauté que connaissent tous les enfants, et puis la chute dans un monde de pauvreté et dans une vie sans vraie conscience, où l'on n'a même plus le temps du rêve. Le récit avance de plus en plus profondément, en termes simples, jusqu'aux épreuves où le XXᵉ siècle, ses guerres et ses révolutions ont jeté pêle-mêle tous les hommes. Avec, en contrepoint, la découverte par les livres de la pensée, qui libère, et de la beauté, qui sauve.*

Un critique a pu écrire : « Changer la vie *est un livre parfait. Il prendra place parmi les " éducations sentimentales " qui expliquent non seulement la formation d'un écrivain, mais celle aussi d'une génération. »*

Changer la vie...

Karl Marx,
Arthur Rimbaud,
tant d'autres.

ACTIONS DE GRÂCES

Un grand empereur, à la veille de quitter la vie, fit le compte de ce qu'il devait à son père, à sa mère, à ses maîtres, à ses amis, aux dieux, et, tout prince qu'il fût, en tête de ce livre de raison qu'il tenait et où il consignait ses pensées de maître du monde, il inscrivit ses plus anciennes dettes, celles dont on finit par n'avoir plus même conscience, qu'on oublie et ne paie jamais, ses dettes d'enfant et d'adolescent. Il nota, comme un bon comptable, les exemples, les bontés, les sourires sans lesquels il ne fût jamais devenu l'homme qu'il était, Marc-Aurèle. Quand un si grand prince pensait avoir de telles dettes, quelles sont donc les nôtres ? Moins glorieuses sans doute, mais non pas moins réelles, ni moins profondes, ni moins sacrées. La faute n'en est qu'à nous si nos créanciers demeurent, comme nous-mêmes, anonymes. Ce qui est sans nom ne peut faire valoir le nom des autres. Créanciers et débiteurs roulent au même abîme. Mais la plus humble vie qui paraît un moment à la lumière du ciel est une grande faveur, et il ne fallut pas moins de patience et de tendresse à la former qu'à former celle d'un empereur.

Je rendrai donc ici des actions de grâces:

– à mon père qui savait si bien espérer, qui n'avait pas le sens du mal, qui ne le voyait nulle part et ne se défiait jamais, qui regardait les choses et les êtres avec plaisir, qui entrait gentiment dans la pensée des autres et leur révélait leurs richesses, qui était né libre et ne pouvait imaginer qu'on ne le fût pas comme lui, qui jamais ne fit honte à personne, qui traitait chacun selon son honneur, qui avait de la joie à parler, qui aimait d'instinct l'éloquence comme le moyen du plus noble échange, qui ne parlait que pour réconcilier les hommes et remettre en ordre le monde;

– à ma mère, chrétienne et résignée, qui trouvait juste qu'on pleurât dans la vallée des larmes, qui savait souffrir, qui savait la fatalité, qui avait toujours un peu peur, comme quelqu'un qu'on a trop battu, qui semblait toujours en fuite devant la malchance et cependant toujours à la recherche des misères, qui n'était que crainte et pitié et dont le visage ne se détendait que pour consoler la douleur;

– à ma vieille nourrice de Peïné, qui filait le chanvre et tricotait la laine, tandis que je m'éveillais à la lumière du monde, qui, la première, me tint sur ses genoux et m'apprit à sourire en me faisant, avec ses mains, les marionnettes, qui me dressa sur mes jambes et m'enseigna le courage, que j'aimai la première entre tous les êtres, je veux dire sur qui j'exerçai, la première, cette tyrannie qu'on appelle amour;

– aux amis de mon père, à tous ceux que, dans ma religion, j'appelle les petits prophètes, au « petit Chéhanne », qui annonçait la Révolution, aux « compagnons du devoir », à ces bons ouvriers de fidèle mémoire qui, chaque année, une nuit de fête, rebâtissaient en effigie, sous l'œil de Dieu, un temple consacré à la justice où ils recevaient et initiaient la nouvelle promotion des justes;

– à tant d'autres encore, à tant d'autres passants;

– et aussi aux choses, à la forêt qui environnait la ville, et que je sentais toujours près de moi comme une réserve de songes, à la mer qui m'apparut un matin, soulevée par le vent d'ouest, battant la plage de Saint-Malo, et devant qui je sentis s'élargir mon cœur pour je ne savais quels combats...

Mais il est des dettes moins précises et plus profondes encore. Est-ce celles-là que les hommes d'autrefois pensaient à reconnaître quand ils élevaient des autels au sommeil et aux fées, *Somno et Fatis*. Je ne sais ni ne puis savoir ce que seront ces récits que j'entreprends. Je cherche ce que peut la volonté des hommes: cela seul m'intéresse. Mais nous ne sommes pas des ingrats, et nous savons bien que même ce que nous voulons, nous ne parvenons à l'accomplir que grâce à cette force que les fées nous donnèrent, *fata*, et qui mûrit en nous durant cette part de notre vie qui en est bien plus que la moitié, durant l'obscur et long sommeil. Je me souviens d'un temps où j'aurais voulu ne jamais dormir. Quelle imbécile frénésie ! Je rends grâces à tout cela de moi-même que j'ignore, à tout cela qui m'est impénétrable et que je n'ai pas voulu. Je ne me résignerai jamais à penser que tout soit joué d'avance, que notre sort soit tiré par les fées, dans la clairière où elles s'assemblent, avant même notre premier cri. Mais, quel qu'il ait été, j'ai aimé mon destin, soit que je n'aie eu qu'à le suivre, soit que j'aie dû le vaincre. C'est le plus noble jeu de lutter contre lui, mais je n'ai jamais sérieusement souhaité d'être né un autre homme. Nos manques nous servent presque autant que nos biens. Si je devais recommencer, je ne vivrais pas autrement que j'ai vécu. Me voilà vieux et je ne regrette rien. Je referais tout ce que j'ai fait, quand je saurais quels malheurs s'en sont ensuivis, et il y en eut de grands, mais ils étaient à la mesure des bonheurs qui les avaient précédés, et je ne pouvais sans doute connaître les uns sans les autres. La vie serait moins grande sans les ténèbres autour d'elle.

L'étrange, c'est d'avoir été, à travers les jours, tant d'hommes et si différents, et le difficile est de retrouver et de suivre, de l'un à l'autre, la ligne de fidélité. Ma vie pourtant fut sans vraies aventures. J'ai fait de grands voyages, mais ce n'est plus bien rare aujourd'hui. Et, quoi que j'aie vu depuis, volant d'un bout du monde à l'autre, ma plus vive surprise de voyageur, ç'aura été, je crois, un matin de juillet de ma vingtième année, à mon premier voyage, tandis que le train m'emportait vers le sud, d'apercevoir, en m'éveillant, au petit jour, du côté d'Orange ou bien d'Avignon, des arbres mystérieux que je ne pouvais pas même nommer. Leur forme, leur couleur, tout m'était inconnu. Les uns se dressaient vers le ciel comme des fuseaux bleus et noirs; le feuillage des autres avait un frémissement d'argent. La lumière, légère et douce, donnait à toute chose une vie distincte et séparée. J'interrogeai timidement mon voisin. Il m'apprit avec un sourire que c'étaient là des oliviers et des cyprès. Je ne connaissais encore que les pommiers, les chênes et les châtaigniers. Je fus ébloui. Tant il est vrai que tout se passe en nous. Mais je n'en ai pas moins de peine à m'accorder avec moi-même et à réconcilier entre eux ces divers personnages, l'un à l'autre, semble-t-il, infidèles, que la nécessité, les hasards, le temps qui passe, mais aussi certaine fièvre intérieure, le désir de se connaître et la manie de s'éprouver composent de la commune matière que nous ont confiée les destins.

De ces personnages, le plus insupportable est naturellement le dernier, celui-là même avec lequel aujourd'hui je me débats. A tous les autres que j'ai été successivement et qui d'ailleurs ne me contentaient pas davantage à l'instant même où je les subissais, j'attribue volontiers maintenant des mérites et des grâces: j'en suis débarrassé. Ils ont cette grandeur qu'on trouve à tous les morts. Les morts sont toujours justifiés. Chacun de nous se promène avec bienveillance dans cette galerie de portraits de lui-même qu'est sa mémoire. Nous sourions au petit enfant en culottes courtes qui s'ébattait comme un jeune chien, et nous lui chatouillons le menton pour lui faire avouer son secret oublié. Nous sommes pleins d'excuses pour cet adolescent confus dont le regard provoquait le monde. Nous négligeons son égoïsme en faveur de son ardeur, sa sottise en faveur de sa spontanéité. Nous pardonnons aux premiers accommodements de l'homme fait, à ses premières compromissions, quand il commença de gagner sa vie. On se dit qu'il ne pouvait autrement. Nous regardons avec pitié se ternir, s'éteindre son regard, se former le pli de l'ironie aux coins de sa bouche, les rides de l'attention et de la prudence à son front et autour de ses yeux. Notre mémoire est une très grande artiste; elle a un sens admirable des plans, de leur arrangement et de leur perspective. Ces portraits qu'elle compose de nous dans son mystérieux atelier et qu'elle ne cesse de retoucher, elle en choisit avec sûreté l'instant et le prétexte. Elle nous saisit toujours, pour sa première esquisse, dans quelque moment pathétique et édifiant. Il semble qu'elle travaille indépendamment de nous, mais rien de nous, dans la réalité, n'est plus profondément nous-mêmes. Aucun artiste n'a plus qu'elle le sens des nécessités et des conditions de la vie, de notre vie. Elle s'arrange et arrange toutes choses pour qu'à chaque instant nous ne soyons pas trop mécontents de nous, n'ayons point honte de nous-mêmes et ne manquions pas de l'audace nécessaire à vivre encore, à affronter l'avenir, ce lendemain qu'à peine vécu elle recompose de ses mains savantes et fidèles, jusqu'au jour où modèle et artiste disparaissent ensemble comme ils avaient vécu ensemble et l'un de l'autre. Elle travaille donc sur ses esquisses, en remonte un trait, en estompe un autre. Quel art pour amener au premier plan ce qui vaut d'être regardé ! Quelle science du clair-obscur ! et, quand il le faut, quel savant barbouillage ! Elle trompe, elle ment avec la plus gentille inconscience, si bien que le visiteur de la galerie est, en fin de compte, presque toujours assez satisfait.

La sévérité nous revient à mesure que nous nous rapprochons d'aujourd'hui, de ces temps que nous sommes en train de vivre et sur lesquels notre mémoire n'a pas encore achevé son charitable travail. Alors c'est vraiment à nous que nous avons affaire, à cet être bizarre, inexplicable, et si notoirement insuffisant que nous sommes aujourd'hui. Tout au bout de la galerie, le dernier portrait n'est qu'un miroir où, bon gré mal gré, nous devons nous regarder et nous voir, tels que la vie nous a faits. De face, de biais, nous nous regardons avec l'espoir que, sous quelque angle, nous apercevrons autre chose que tous les signes de nos manques et de nos défaites. Ce dernier visage, c'est le plus difficile à accepter. Et il y a un mot de Vinci : « Passé quarante ans, un homme est responsable de son visage. » Ce n'est pas gai.

Il me faut donc m'arranger avec ce dernier homme que je suis devenu, ce chercheur de sagesse, cet homme de livres, assis dans un fauteuil. Je doute d'y parvenir jamais tout à fait. S'il faut le dire, je sens souvent la sourde inquiétude d'une sorte de trahison. Il y a si loin du monde où je suis né au monde où je vis désormais. J'ai « changé la vie », mais je ne l'ai changée que pour moi. On me dit que la vie a changé pour tous les hommes depuis trente ans. Mais rien ne peut me rassurer. J'éprouve une sorte de honte de ce qu'il faut bien appeler mon bonheur, ma sécurité. Il n'est pas vraisemblable que je manque jamais plus du pain ni de la liberté. Alors il m'arrive de craindre que l'absence de ce risque ne constitue une sorte d'avilissement. J'ai une vieille amie. Elle est riche. Elle vit dans une antique maison de Paris où se sont accumulées les grâces et les beautés des deux derniers siècles. Elle est bonne. Elle sait vivre et voudrait que tous les hommes le sachent comme elle.

– Attention ! m'a-t-elle dit un jour, la fidélité vous rend hargneux. Il semble, à vous entendre, que seuls les hommes que dans votre jeunesse vous avez connus étaient dignes de vivre. Tous les hommes méritent qu'on les aime. Pourquoi ne pas vous détendre ? Pourquoi ne pas oublier ?

J'ai répondu que j'y gagnerais trop. Mais non, j'y perdrais tout. Après cela, je vois bien ce que cette fidélité toute spéculative comporte d'hypocrisie. Je reste assis dans mon fauteuil, et mes souvenirs, auxquels je me cramponne comme Antée à la terre, ne me servent peut-être qu'à rêver d'une grandeur perdue, d'une foudre qui jamais ne tombera plus sur moi.

Je suis homme de mauvaise mémoire, mais opiniâtre. Une fois déjà, j'ai évoqué rapidement ces jours de ma jeunesse. Si j'y reviens, c'est que j'ai enfin compris que tout ce qu'il y eut de force et de netteté dans ma vie tient à ces jours-là. Quel dolorisme me fit parler d'eux en gémissant ! Je sais maintenant que je n'en pouvais vivre de plus beaux et que j'ai eu une grande chance. Je leur ai dû un merveilleux appétit qui dure encore. La fidélité même m'avait donné une sorte de goût du malheur, et je me croyais coupable dès que j'étais un peu content. Je puis désormais en faire des jours heureux, vraiment changer ma vie. Je m'applique à les réveiller. Longtemps, pendant des heures parfois, je n'entends rien, je ne vois rien. Il me semble poursuivre des ombres dans la nuit. Elles me frôlent, me touchent, m'échappent. J'enlève mes lunettes pour éviter les distractions que m'apporteraient les choses, le jour autour de moi. Je m'absorbe dans la nuit noire, nuit de mon enfance oubliée, nuit nourricière. Quelle peine pour rallumer en elle quelques étoiles ! Impossible de rien saisir. Impossible surtout de retrouver le temps dans sa continuité, comme il passait, au battement du cœur. L'eau fraîche de la vie ne passe qu'une fois, et l'on n'en sent qu'une fois la fraîcheur sur ses mains. Mais enfin quelque coin de la nuit s'éclaire. J'entrevois un sourire, une grimace, un visage. Je respire d'anciennes odeurs, un autre air. J'entends une parole, un cri, tel qu'il fut crié. Et ces cris, ces odeurs, ces images, comme les feuilles d'un arbre et toutes les frêles épaves qu'emporte un fleuve, me reparlent de mon vieux pays, de la forêt où j'ai poussé, des hommes parmi lesquels j'ai grandi. Il me semble cesser de n'être que moi. Je me prends à parler comme mon père, comme si j'avais une autre sève, une autre flamme en moi, à dire « nous » comme lui, généreusement, et comme si ce « nous » embrassait l'univers, l'humanité. Alors je sens enfin que ma vie valut la peine d'être vécue et qu'elle m'a appris des choses certes sans rareté et appartenant à tout le monde, mais que je suis seul à savoir comme je les sais, et il n'est aucune raison que je ne les dise avec confiance, sans aucun respect humain, d'ailleurs avec humilité.

Mon désir eût été d'en faire un roman, tout à fait hors de moi-même, mais je n'en suis pas capable, et la matière sans doute serait trop pauvre pour un récit suivi. Mais le lecteur me fera plaisir s'il lit cette histoire comme l'histoire de n'importe qui. S'il m'arrive de manquer de l'ironie nécessaire, de hausser la voix, de juger et de moraliser, qu'il me pardonne. Ce sera malgré moi, et par une sorte de rancœur devenue comme organique et que je contrôle mal. Le vers de Molière, corrigé par Stendhal, me revient en mémoire :

De je mis avec moi tu fais la récidive

« Je » est toujours une très petite personne trop intéressée et qui se prend trop au sérieux. « Je » devrait n'intervenir que comme un témoin, non comme un polémiste hargneux et offensé qui juge le monde mal fait parce qu'à de certains moments il y a mal trouvé sa place. Je voudrais servir la vérité, non pas ma vérité. Mettons que ce « je » est toutes mes racines, un moyen de ne pas quitter le réel. Mais je voudrais bien que ce réel ne fût pas mesquin, et je ne me suis pas cru tenu à une vaniteuse exactitude.

Le « je » qui parlera ici vaut sûrement beaucoup mieux que celui que j'ai été; ce n'est pas celui que la vie blessait, mais celui qui toujours espérait. Si j'osais tout dire, j'écrirais un livre d'une vérité toute « privée » sans doute mais beaucoup plus pathétique. Mais on n'ose jamais tout dire et peut-être ne le doit-on pas, dès que le secret des autres est en cause. J'aurais, comme d'autres, de quoi aller jusqu'à ces bords ténébreux où la raison chavire, mais je n'aime pas me promener sur ces plages où ne souffle que le vent de la fatalité. Laissons cela. Et contentons-nous, pour le pathétique, d'évoquer des misères que les hommes peuvent guérir. Dans cet ordre même, ce que j'ai été ne me suffit pas, ne peut me suffire, et même, à mesure que je vieillis, me contente de moins en moins. Nous ne pensons trop souvent qu'à tout ce que nous avons manqué, raté. Nous ne faisons pas la part assez grande à ce que furent nos rêves. Ce sont eux cependant, bien plus que nos actes, qui nous accordent avec le temps et le monde. Notre vraie vie est à leurs couleurs, et ce sont eux qui nous justifient. C'est par eux que ce misérable « je » devient tous les autres, feuillage épandu sous un même ciel, au même soleil de la vie. Nous avons valu ce qu'ils valaient. Ils sont nous-mêmes et seuls ont dépendu de nous. Le reste n'est que la part du destin.

PEÏNÉ OU LE PARADIS PERDU

Cela s'appelait d'un nom étrange: Peïné. C'était une vieille chaumière isolée, à moins de deux lieues de la ville, mais, me semble-t-il aujourd'hui encore, aussi loin que les Indes ou la Chine. Ma mère m'avait mis là en nourrice, chez une grand-tante qui, après ses propres enfants, fit pousser ceux des autres, au moins une vingtaine de petits hommes dont elle lava les langes et prépara les biberons pour que la terre ne manquât pas de bons ouvriers. Les femmes de la ville ne pouvaient pas élever elles-mêmes leurs enfants. A leur machine qu'elles ne quittaient guère, même pour manger, elles piquaient des chaussures tout le jour, dix à quinze heures, assemblaient les claques et les quartiers. Elles pédalaient, et rroû, et rroû, et la machine tournait, et le pain se gagnait. Ma mère, tant qu'elle le put, m'éloigna de ces misères, et jusque vers ma douzième année, je revins toujours à Peïné, aux vacances.

C'était au bout du monde, au fond du temps, le paradis. Sur le versant d'une lande boisée qu'elle regardait, à la limite des prairies qui s'étendaient au-dessous d'elle, une vieille masure avec un toit montant de chaume sur lequel poussait l'herbe. Les hivers et les étés, les pluies et les soleils avaient pourri et noirci le chaume. Elle était là, depuis des siècles, un vieux refuge pour une vieille femme usée, et le dernier avant l'éternité. Point de terre attenante. Rien qu'un petit verger derrière la maison, quelques pommiers, et devant, une cour où grattaient les poules. Des deux côtés de la haute porte dont le battant supérieur restait toujours ouvert et sous l'unique fenêtre à petits carreaux, des tournesols, l'été, ouvraient leur cœur jaune et noir aux abeilles et au soleil. Quelle paix ! Et, je me souviens, il y avait encore un grand noyer qui avait poussé dans la haie et qui versait son ombre sur la cour, et encore, au bas du verger, sous une couronne de saules, une fontaine, le premier et le plus beau miroir où je me sois miré. Je ne tarirais pas sur ma fontaine. Ma nourrice m'avait bien recommandé de n'en jamais troubler l'eau; si je voulais barboter, je n'avais qu'à aller un peu plus bas dans la prairie où couraient des ruisseaux. Mais la fontaine était sacrée. Elle m'est encore l'image des choses dont on ne peut épuiser la beauté. Souvent il m'est arrivé de penser à elle, en lisant des vers de Racine, quand, par-delà les mots et leur sens immédiat, on entrevoit, comme à diverses profondeurs, d'autres beautés et comme d'autres paysages, telle parole reprise de Virgile ou d'Homère, les remparts d'Argos ou de Troie, et tout au fond le monde des Moires et des Furies. Que d'heures j'ai passées, penché sur ma fontaine ! Je m'amusais du jeu des libellules, des glissades de ces insectes qu'on appelait des « moulins à vent » sur l'eau lisse et brillante. Dans un cadre de cresson, dans les reflets des feuilles, des nuages et du ciel, grimaçait mon visage. Par-delà, à divers étages, ondulaient des herbes et des mousses. Par-delà encore, sur le fond de sable, gisaient des brindilles et des feuilles mortes. Parfois des têtards traversaient, comme des vibrions, ces espaces tranquilles. Je les suivais dans leurs voyages et, du bout d'une baguette d'osier, les obligeais à repartir toujours, comme j'ai appris depuis que faisait Poséidon au malheureux Ulysse. J'étais véritablement le dieu de ces têtards, et je regardais dans l'eau profonde et noire comme dans ma création.

Selon mes souvenirs, il fait toujours soleil dans ce canton de l'univers où j'ai grandi. Le temps n'y passe pas et la vie y est sans problèmes. C'est comme un juillet éternel. Je suis libre. Je ne distingue pas entre les choses et les êtres. Tout m'obéit. C'est aussi bien que je ne demandais rien au monde, pour la simple raison qu'il me donnait de lui-même plus que je ne pouvais recueillir. La découverte ne me laissait pas le temps du désir. Ma grand-tante vivait avec le dernier de ses fils, tailleur de pierres de son métier, le Julien. Tous deux avaient pour moi la même indulgence, et je jouissais auprès d'eux d'un extraordinaire prestige, mais à l'ordinaire je n'en abusais pas. On me laissait aller comme un jeune chien qui fait ses dents. Je ne commettais pas grand dommage. J'appartenais aux choses autant que les choses m'appartenaient, et je n'avais pas encore l'idée de les changer. Le tentateur n'était pas encore entré dans le jardin. J'étais les choses et les choses étaient moi. J'étais heureux.

Il fait chaud: d'instinct, je cherche le frais. Je saute par-dessus la porte basse.

– Tu tomberas, petit, me dit pour la centième fois ma nourrice. Il ne faut pas entrer comme ça.

Elle est à son rouet, dans la lumière de la porte, la tête prise dans son béguin qui avance sur son front, les yeux baissés, si attentive et si grave. Sa main semble danser à la hauteur de sa tête. Sans fin, elle tire le chanvre à la quenouille passée sous son bras et le porte à ses lèvres et le mouille... Le fil tordu s'enroule à la grosse bobine: il faut qu'il soit uni, bien lisse et sans un nœud. Je l'aide quand c'est le temps de dévider et de faire les écheveaux, mais cela n'arrive qu'une ou deux fois la semaine, lorsque toutes les bobines sont pleines. Le plus souvent je suis, comme elle me dit, « en peine que faire ». Je rôde autour d'elle ou je rêve.

Je sens encore à mon visage et sur mes mains la fraîcheur quand je retombais ainsi de la cour pleine de soleil sur la terre battue de la longue salle sombre, à la fois chambre, cuisine et cellier. Sur la droite, devant la porte, il y a une énorme tonne de cidre avec un petit bol bleu, à terre, sous le robinet. Je tourne la clé. Le cidre coule. Je bois.

– Ne bois pas comme ça. Ça te fera mal.

Mais je bois, je bois. Le roi boit. Au milieu de la salle, au bout de la longue table, sur la tirette qui la prolonge encore, sous une belle toile blanche, il y a un énorme pain, à la mesure du tonneau de cidre, un pain pour des géants, rond comme une roue de charrue, gris et noir. Il faut que ma nourrice m'y taille une beurrée. Je mange. Le roi mange. Alors je suis une jeune bête contente et solide. Que faire? Je quitte mes sabots et je monte sur la longue huche dont le couvercle luisant et ciré forme une admirable glissoire.

– Maudit ! me crie ma nourrice. Vas-tu bien t'arrêter. Tu vas user tes bas !

Je m'arrête un moment. Mais il y a trois grands lits le long des murs. Le mien est au bout de la huche. J'enjambe le montant et me voilà fourrageant dans ma paillasse. La paille s'enfonce sous mes pieds, se creuse comme des vagues. Je suis sur la mer. Il faudra redresser le lit.

– Maudit ! maudit ! me crie ma grand-tante, qui brandit sa quenouille au milieu de la salle. Quelle peine tu me donnes ! Tu me feras mourir. Apprends ton catéchisme.

Cela finissait toujours de la même manière. Ma tante et moi, nous passions un traité. J'apprendrais mon catéchisme, mais après j'aurais le droit de faire le tour des images. Tout autour de la salle, au-dessus des lits, de la huche, de la tonne de cidre, et même sur les corniches du buffet et de l'armoire, il y avait des images et des portraits. J'aurais le droit d'aller aux plus inaccessibles, de lit en lit, en marchant doucement, pour ne pas trop écraser la paille.

J'apprenais donc mon catéchisme. Je me couchais à plat ventre sur la huche, appuyé sur les coudes, la tête dans mes mains, devant mon livre. Il régnait une paix fraîche et douce. Le rouet menait son bruit monotone. Les secondes se décrochaient l'une après l'autre dans la boîte de la grande horloge, son balancier de cuivre passant et repassant derrière la petite lucarne de verre. Le temps qu'elle mesurait ne pressait personne. La lumière rasante de l'unique fenêtre, frappant les panneaux des meubles de cerisier, les transformait en de grands miroirs rouges. Quel merveilleux silence ! Dieu pouvait venir. Parfois seulement une poule trop familière et qui espérait picorer autour de la table les miettes du dernier repas volait de la cour se percher sur la porte basse. Ma grand-tante faisait « pscht », et la poule retournait aux champs. Alors, ma nourrice à son rouet et moi sur ma huche, nous étions dans l'éternité.

– Qu'est-ce que Dieu? demandait le livre.

Et je marmottais:

– Dieu est un pur esprit, infiniment parfait, éternel, créateur et souverain maître de toutes choses.

Que de mystères ! Mais les mystères ne me gênaient pas. Le livre demandait encore:

– Qu'est-ce qu'un mystère?

Et venait la réponse:

– Un mystère est une vérité que nous ne pouvons pas comprendre parfaitement et que nous ne pourrions pas connaître si Dieu ne nous l'avait révélée. Nous devons croire les mystères divins, parce que

Dieu qui nous les a révélés ne peut ni se tromper, ni nous tromper.

Croire?

– Est-il nécessaire de croire? demandait le livre. Et il répondait:

– Oui, il est nécessaire de croire, parce que nous n'avons pas d'autre moyen de connaître bien des choses.

J'apprenais donc par cœur « les vérités que nous devons croire », les questions et les réponses. Depuis, le mauvais esprit m'a soufflé que les questions étaient faites pour les réponses autant que les réponses pour les questions, et que les dés peut-être étaient pipés. L'amour de la clarté, le goût de l'épreuve et du risque, l'orgueil aussi m'ont convaincu qu'on devait croire le moins possible si l'on voulait penser le plus possible, et je me suis vanté souvent de n'aimer pas croire. Mais, tout compte fait, je ne regrette pas d'avoir jadis si bien appris mon catéchisme. La vie, qui est lâche, m'a enseigné aussi qu'il y avait, après tout, au moins autant de bon sens que de rouerie à proclamer que nous devons croire ce que nous n'avons pas d'autre moyen de connaître. Le proclamer est trop, mais que ne croyons-nous pas ! C'est la condition de la vie et de l'action. Et puis, mieux vaut l'avouer et ne pas s'en conter à soi-même, je sens bien que je ne serai jamais, et jusqu'au bout, et quelles que soient mes vantardises, qu'une bête pieuse. Le point de la contestation entre mon catéchisme et moi porte seulement sur ce qu'il faut croire, et rien, dans les hommes de religion ou leurs ouailles, ne me choque davantage que cette prétention qu'ils ont souvent à être les seuls hommes religieux.

Mon catéchisme, tout naïf qu'il fût, mais théorique et dogmatique, m'a laissé le souvenir d'un livre difficile. Je n'y pouvais rien comprendre. L'enseignement de l'Eglise en ce temps-là était plus autoritaire et plus dur. Elle a depuis, me semble-t-il, séduite elle-même par la facilité moderne, voulu tirer parti des nouvelles méthodes pédagogiques. Je doute qu'elle y gagne. J'ai entre les mains la dernière édition du Catéchisme à l'usage des diocèses de France. Tout y parle au cœur et à l'imagination. Tout y paraît simple et facile. L'histoire miraculeuse d'un grain de blé y est donnée comme l'introduction la plus naturelle à tous les mystères. Une image du firmament où roulent les astres y établit de la façon la plus manifeste l'existence de Dieu. Une autre figure, il est vrai, laisse beaucoup à penser et risque de réveiller en nous le sentiment de notre impuissance. J'y vois une demi-circonférence que l'artiste a teintée d'orange comme une aurore. Du centre rayonnent des fuseaux d'un orange plus foncé. Sur le pourtour, une inscription : « On ne peut voir, ni toucher, ni même imaginer Dieu. » La légende au-dessous du dessin, imprimée en lettres minuscules, confesse de nouveau l'embarras du graveur : « Il est impossible de représenter un pur esprit. » Mais il n'y a pas renoncé pour autant : il sait la puissance des mots et qu'il suffit à bien des gens qu'on leur nomme les choses pour qu'ils y croient. Le seul mot Dieu, en grandes capitales blanches au milieu de la page, éclate, comme un soleil. Le tout fait un mauvais panneau-réclame, qui éblouit plus qu'il n'éclaire.

Selon l'idée que je m'en fais, Dieu, s'il existe, doit pouvoir se passer d'une telle publicité, et j'aime décidément mieux mon vieux catéchisme si difficile. Il était plus honnête. Avec ses abstractions et ses difficultés, il forçait moins ma conscience. Dieu, le vrai, gagne tout à ses ténèbres, et mérite bien qu'on le cherche. Que je voudrais pouvoir retrouver au fond de ma mémoire ce que représentaient alors pour moi ces mots sacrés, Dieu, l'âme !... Mais j'ai tout oublié. Ces mots en moi se sont usés comme les autres. J'ai vu l'usage divers qu'en ont fait cent philosophes, cent fabliers du monde, et je les ai mêlés moi-même à trop de débats ; ils ont perdu toute substance par ces contradictions. Mais en ce temps-là ! Je sais seulement qu'ils m'étaient les signes de choses aussi réelles que le mot arbre, ou le mot fleur, ou le mot ruisseau. Tout est croyance en un enfant. Il croit au monde qu'il a sous les yeux, mais à tant d'autres encore. Je croyais à Dieu et à mon âme comme je croyais à ma nourrice et à ma fontaine. Mettons que ce furent les premières des grandes choses vagues qui commencèrent d'augmenter ma vie. Ces grandes choses vagues nous sont longtemps très nécessaires. « Dieu est partout, au ciel, sur la terre, et en tous lieux. » Cela ne m'embarrassait pas. Mais mon catéchisme continuait :

– Dieu voit-il tout ?

Et il répondait :

– Oui, Dieu voit tout, le passé, le présent, l'avenir, et jusqu'à nos plus secrètes pensées.

Ah ! là était la question, comme dit Hamlet. Ces mots, je m'en souviens, et les commentaires que m'en fit cent fois ma nourrice, me jetaient dans la plus grande inquiétude. Non pour mes plus secrètes pensées, qui n'étaient pas déjà si mauvaises, ni pour le passé, ni pour l'avenir. Je n'y songeais pas. Mais le présent ? Ce que je faisais actuellement ? Si je grimpais au noyer, si je barbotais dans la fontaine, si j'usais mes bas sur la huche, « le petit Jésus te voit », me disait ma nourrice qui avait trouvé du dogme une expression plus gentille, mais non pas moins menaçante, et vite je dégringolais du noyer, je cessais de troubler l'eau, je descendais de la huche. Cette éternelle surveillance m'agaçait, mais j'étais honteusement docile. Je la sentais toujours à mes trousses. Faut-il vraiment qu'on mette en nous, et dès l'enfance, cette grande peur, cette sorte d'horreur de nous-mêmes, pour que nous ne devenions pas criminels. Certes je n'en veux pas à ma pauvre vieille nourrice. Elle était l'agent inconscient d'une longue tradition. Mais c'est bien elle qui a commencé de me rendre suspect à moi-même. Faut-il si tôt nous persuader que le mal est en nous ? On n'échappe plus à ce mécontentement morose de soi si on l'a trop tôt connu, et il arrive qu'on n'ose plus vivre.

Vers le temps de ma première communion, les sermons de la retraite aidant qui évoquaient tous les diables et tous les démons en train de dévaster et de détruire nos âmes, cela devint en moi une terrible angoisse. Mais l'abbé Lucas de la paroisse de Bonabry – je le désigne ici tout exprès nommément – pourra témoigner au Dernier Jugement que rarement petit garçon si pieux et si pur se présenta à la table sainte. La veille au soir, je me confessai à lui, le plus tard possible, pour tomber du confessionnal dans mon lit et pour que le temps me manquât du péché le plus véniel. J'allai me coucher, dès ma soupe mangée. Je m'endormais, quand brusquement un souvenir me dressa dans mon lit, plein de terreur. Je n'avais pas tout dit à l'abbé Lucas, et je me parjurerais si je communiais le lendemain matin dans cet état ignoble où j'étais, car j'étais l'impureté même et l'ordure. « Dieu voit tout, le passé... » Le passé ?... J'avais dix ans ! Je découvrais soudain en moi l'impureté, l'impureté fondamentale, originelle, inévitable. Je me sentais accablé d'un poids de péchés que mon saint patron lui-même ne pouvait m'aider à porter. Je traînais derrière moi je ne sais quoi de sale dont rien, me semblait-il, ne pourrait me débarrasser. Le temps pressait. Comment revoir mon confesseur avant la communion et lui parler seul à seul. Et comment oser lui dire ? « Dieu voit tout ! Le passé... » Ah ! je m'étais bien gardé, dans mes examens de conscience, de remonter aussi loin qu'il eût fallu dans les anciens jours. Telles étaient les ruses du Malin. Cela était au fond de moi, et j'y avais repensé quelquefois, mais rapidement, comme on évite de repasser près d'un lieu qui sent mauvais. Mais je savais très bien tout à l'heure au confessionnal que cela était au fond de moi. Comment, pourquoi m'étais-je tu? « Dieu voit tout, le passé, le présent... » Oui, l'œil de Dieu était sur moi, alors et aujourd'hui. Et c'était alors et aujourd'hui la même turpitude. Qu'avait-il donc vu? Je revoyais moi-même le lieu de la faute, je sentais encore la chaleur de ce grand jour d'été, comme le feu de l'enfer. Cela s'était passé à Peïné, justement, il devait y avoir trois ou quatre années. Trois garçons de la ferme voisine avec qui je jouais quelquefois m'avaient entraîné vers le haut de la lande. Nous avions joué comme à l'habitude. Il faisait chaud. Nous étions arrivés à une clairière de hauts châtaigniers. Il faisait grand soleil. Il n'y avait pas un nuage. On voyait jusqu'au fond du ciel, et toute la lumière du ciel était sur nous, là, au milieu de la clairière. C'est alors que le plus âgé d'entre nous, un rouquin qui menait notre bande, nous avait fait son horrible proposition. Nous avions exploré les environs pour bien nous assurer que personne ne nous voyait, et voilà, nous nous montrâmes avec fierté les uns aux autres ce que le bon Dieu nous avait donné pour être en ce monde de perdition de vrais petits hommes. J'étais plein de honte et de remords. J'ose à peine ajouter ce qui s'ensuivit. Nous nous mîmes tous en rang et, avec de grands efforts, concourûmes à qui ferait pipi le plus loin; le rouquin naturellement triompha ! Voilà ce que je n'avais pas dit à l'abbé Lucas.

Je finis par m'endormir, mais la conscience de mon crime me revint avec le jour. Tandis qu'on m'habillait le lendemain matin et qu'on me passait mon premier pantalon long, j'éclatai en larmes et déclarai à ma mère que je ne pouvais pas aller communier. Elle me pressa de questions. J'avouai n'avoir pas tout dit à mon confesseur. Pensant me rassurer:

– Dis-le-moi à moi, me dit-elle, c'est la même chose.

C'était de quoi redoubler ma confusion ! Je n'osai pas, et, au reste, savais trop bien mon catéchisme pour croire possibles de tels accommodements. C'est à Dieu même ou son représentant que je devais avouer ma faute. Il fut convenu que ma mère, avant la messe, irait trouver l'abbé Lucas et lui dirait mon désespoir, et elle le fit. La messe commença. J'étais, à ma place, la sixième chaise du premier rang, dans des transes effroyables. L'abbé Lucas, qui était la générosité même, vint vers moi, et, me tapotant la joue:

– Ne t'inquiète pas, petit, me dit-il à l'oreille,quoi que ce soit, je te donne l'absolution.

Il s'éloigna en souriant, se retourna et ajouta tout bas:

– Fais seulement pour moi une petite prière.

Dès lors, je me sentis comme un lis, inondé d'une joie ineffable. L'harmonium ronflait. L'autel étincelait de mille chandelles. J'étais au ciel, parmi les anges.

Mais je reviens au lieu de la faute, à Peïné, à ce paradis qu'une affreuse curiosité jour après jour m'a fait perdre. Quand j'avais appris ma leçon, ma grand-tante me la faisait réciter. Au vrai, elle ne savait pas lire. Mais elle tenait mon catéchisme fermé entre ses mains et m'écoutait. Si je bronchais, je retournais m'étendre sur la huche et étudier jusqu'à ce que je fusse capable de débiter les demandes et les réponses d'un bout à l'autre de la leçon et d'une seule haleine. Tout cela allait sans un doute, sans un commentaire. Moïse sur le Sinaï ne dicta pas d'une voix plus assurée que la mienne les dix commandements. « Un seul Dieu tu adoreras et aimeras parfaitement. » Depuis je me suis rendu compte que ces vers n'étaient pas bien riches, que les rimes en étaient un peu faciles et communes. Mais la lourdeur de ces futurs et de ces adverbes, cette gravité d'orgue, cette autorité du rythme exerçaient sur moi leur magie. Il y avait là bien des mots que je ne pouvais entendre : « Homicide... L'œuvre de chair. » N'importe ! Je sentais, si je ne comprenais, que le premier commandement régissait tous les autres, et j'en étais tout pénétré. « Un seul Dieu... » Quelque idée que, dès lors, je me sois faite de ce Dieu, c'est bien à ce temps-là qu'il me faut reporter cette violence que je sens en moi d'une passion unique qui souvent m'a rendu maladroit et borné jusqu'au ridicule, mais souvent aussi m'a préservé et fait inaccessible. Je suis désormais assez vieux, assez indifférent à tout et assez désabusé pour oser confesser et écrire de telles naïvetés.

C'est, tout compte fait, une chance d'avoir été assez tôt persuadé, et pour la vie entière, qu'une seule chose est nécessaire. Cela risque, dès l'abord, de vous rendre un peu rogue et hautain, un peu sottement fanatique et tranchant, mais cela vous épargne bien du chemin et bien d'imbéciles illusions. La vie se charge de vous attendrir, et l'on peut espérer faire enfin les affaires de Dieu sans morgue et même avec gentillesse. Qu'une seule chose soit nécessaire, j'en ai eu, selon les moments, une plus ou moins vive conscience. Cette conviction ne m'a guère quitté mais elle n'a agi en moi que comme un instinct. Les grands hommes, eux, ont dès le départ une piété plus claire, et le respect humain ne les embarrasse pas. « Une seule chose est nécessaire. » J'admire le jeune Renan, qui, pour le premier acte de sa vie, écrivit avec décision ces mots en lettres capitales à la première ligne de son premier livre. Cela faisait un noble engagement.

O fraîcheur d'un monde pur, tranquille lumière des hauts meubles luisants, reflets de Dieu dans la vieille maison, repos, certitude ! Je me souviens d'une rapide prière que ma grand-tante me faisait répéter à la fin de chaque leçon, avant de me donner congé, et comme un résumé de tout ce que j'avais appris. C'est maintenant seulement que j'en comprends toute la beauté. Elle disait : « Seigneur, je ne demande rien pour moi. Je ne demande pas les biens de ce monde. Faites seulement, Seigneur, que toutes les âmes et la mienne aient l'intention de bien faire. » Aussi entrais-je doucement, initié par ma nourrice, dans une vaste conspiration de bonté et d'amour.

Ma leçon récitée, j'avais ma récompense. Je quittais mes sabots et avais le droit de passer de lit en lit et de regarder les images. Les portraits de la famille alternaient tout autour de la salle avec ceux de Dieu et des saints. Les uns et les autres avaient la même réalité indubitable. Ma grand-tante et feu son mari faisaient pendant à saint Joseph et à la Vierge Marie. Même un artiste avait réussi là où les auteurs du nouveau Catéchisme de France ont échoué: la Trinité elle-même était représentée au naturel dans une seule image: le Père, le Fils et le Saint-Esprit, sous la forme d'une colombe, pyramidant l'un au-dessus de l'autre. Mais les documents de la famille m'intéressaient davantage. J'ai dit que ma nourrice avait eu beaucoup d'enfants, et presque tous des garçons. Ils travaillaient aux alentours, dans les fermes ou dans les carrières, le Joseph, le Michel, le Pierre, le Julien... Je les retrouvais là à tous les âges, en communiants, en soldats, en jeunes mariés. Qu'ils étaient beaux, du temps qu'ils étaient zouaves, dragons ou cuirassiers, avec leurs manches bien tirées devant eux, pour qu'on voie mieux leurs galons de caporaux ou de brigadiers. J'avais peine à les reconnaître, tant la vie les avait changés, séchés, tannés, durcis, mais ma tante m'assurait qu'ils avaient tous été véritablement aussi beaux qu'on les voyait là. Leurs portraits de mariage étaient les plus étranges, peu ressemblants aux originaux tels que je les voyais tous les jours. Debout sur le parquet ciré de l'atelier du photographe, entre les colonnes du même faux palais, parce que la même toile de fond avait servi pour eux tous, auprès de leurs femmes parées de fleurs d'orangers, ils étaient, au bord de la vie, dans le même complet noir qui serait leur costume des jours de fête et celui de la mort. Que regardaient-ils donc tous si fixement? Que craignaient-ils, qu'espéraient-ils, ce jour de leur mariage? Autour d'eux qui m'étaient comme des points de repère, pullulaient les cousins et les cousines à la mode de Bretagne. Je me découvrais une parenté innombrable. J'interrogeais sans fin ma nourrice. Chaque portrait me valait de nouvelles histoires. C'est pour cela, j'imagine, que j'aimais tant les regarder. Tels avaient eu de la chance, me disait-elle, avaient réussi, étaient devenus riches. Le plus grand nombre n'avait jamais cessé de savoir qu'il faut vingt sous pour faire un franc. Je m'étonnais que la chance fût toujours ainsi une affaire de porte-monnaie, et distinguais mal entre les misérables et les riches. J'étais heureux de voir tous mes cousins dans leur gloire. Toutes ces images, à six pieds au-dessus du sol, faisaient comme une grande couronne tout autour de la salle. C'était notre tribu transfigurée, telle qu'elle voulait apparaître dans son éternité, et inconsciemment je me cherchais une place dans cette troupe de pauvres chrétiens en uniforme. En me faisant raconter leur vie, j'espérais sans doute vaguement apprendre quelle serait la mienne. Je ne pensais pas qu'il pût y avoir un autre destin.

Je ne saurais dire ni quand ni comment le tentateur entra dans le jardin. Car bonnement, je ne peux pas tenir pour bien sataniques des aventures comme celle de la clairière des châtaigniers que j'ai racontée tout à l'heure. A peine retrouvé-je quelques images qui peut-être me donnèrent l'idée d'une autre liberté, d'une autre audace, que celles que comportait ce tranquille bonheur dont je jouissais. Je me revois des soirs de septembre. La nuit tombait plus tôt déjà. J'étais allé garder les vaches avec les enfants des fermes voisines. Nous rentrions dans le bleu crépuscule, poussant les bêtes devant nous et fuyant devant la brume blanche qui, comme une mer, déjà envahissait les prés et dont n'émergeaient plus que les émousses aux formes fantastiques. Je retrouvais ma vieille tante et le Julien. Nous mangions la soupe, et puis nous nous asseyions tous les trois autour de la grande cheminée. Nous ne parlions guère. La chambre était pleine d'ombre. Les grillons commençaient leur concert qui durerait toute la nuit. Une chandelle de résine grésillait au coin de l'âtre. Ma vieille tante somnolait. Le Julien, de la pointe de son couteau, creusait des trous dans des noisettes et me fabriquait des jouets. Je tisonnais dans les cendres grises et rouges et cela faisait des traînées de feu. J'avais un peu peur. Si « le sourd », la salamandre, allait jaillir du feu, comme ma tante m'avait dit une fois. Le « sourd » se cache dans les fagots pour entrer dans les maisons, et puis après sous les cendres. Je n'ai jamais vu de « sourd », mais je sais très bien comment c'est fait. C'est une vipère de feu, jaune et noire, qui vous saute soudain au visage et aux yeux. C'est lui peut-être que j'ai vu tout à l'heure se tortiller dans la cendre. Je pose la branche qui me sert de tisonnier. Tout s'éteint. Je m'absorbais un moment à regarder tomber les petites étoiles que lançait en brûlant la résine et je rêvassais: c'était presque toujours des mêmes choses. Je pensais au comte de T., à sa maîtresse et à son chien, ou bien à nos maisons de branches. Mais ceci appelle des explications. Je n'en donnerai que d'obscures.

Il y avait non loin de Peïné un bois de hêtres et de châtaigniers, où j'allais cueillir les premières châtaignes, et, au milieu du bois, il y avait un admirable et étrange lieu: dans un enclos, borné par une grille toute basse, deux grandes dalles de granit noircies par les pluies gisaient avec chacune à leur tête une croix. Cela n'était pas le plus étrange. Mais il y avait aussi deux rochers moussus, tels que Dieu et le temps les avaient faits, et à un raccord qui les encerclait, on pouvait voir que deux autres tombeaux y avaient été creusés. Longtemps, presque chaque jour, je suis venu en cet endroit. Sous l'un des rochers, m'avait dit ma nourrice, il y avait un chien, sous l'autre, le comte et sa femme.

– Sa femme? avais-je demandé une fois.

– Non, m'avait-elle répondu, une femme, je ne peux pas te dire, mais il paraît qu'elle était bien bonne tout de même. Ils sont morts tous les trois le même jour, il y a très longtemps, et le comte avait demandé dans son testament qu'ils soient enterrés comme ça. Une idée !

Une idée, en effet ! Je ne savais quoi m'émouvait dans ce lieu consacré à la fidélité et à la mort. Mais je n'avais nulle crainte et j'aimais y venir. De ces choses sentais-je seulement la grandeur? Qu'était le comte de T. ? Et qui cette femme, « une femme »? Et pourquoi ce chien à côté d'eux? Et pourquoi étaient-ils morts tous les trois le même jour? Et pourquoi avoir voulu être enterrés, parmi les arbres, sous ces rochers, sans une croix, si loin du bourg, si loin des autres morts du petit cimetière autour de l'église, si seuls? C'est à quoi je rêvais en regardant éclater les étoiles de résine. Je n'osais plus interroger ma nourrice. Mais peut-être les vagues réponses que je faisais moi-même à mes questions m'ont-elles ouvert le pathétique empire de l'exceptionnel et du singulier.

Quant à nos maisons de branches, voici: c'était un jeu. Tous les petits Bretons du Bocage, en gardant les vaches, ont joué à ce jeu-là. On coupe dans les haies des feuillards de châtaigniers ou de noisetiers et on en construit une cabane dans un coin de la prairie, là où l'herbe n'est pas trop humide. A l'intérieur on étend un lit de fougères, et si l'on a pu voler des allumettes, on allume un feu, où cuire des poires, des pommes, des châtaignes, des oignons. Les vaches, pendant ce temps-là, paissent, à la garde des nuages, ou sautent les haies et vont manger le blé noir. Notre jeu eût pu être banal. Je manquais, pour moi, d'imagination, et n'aurais logé dans mes maisons de branches rien que de naïf et de bête. Mais il y avait parmi nous une petite fille et je n'ai connu personne qui sût rêver comme elle. Quand nous partions aux champs derrière les bêtes, elle avait une curieuse habitude. Dès que nous avions tourné le coin de la ferme où habitaient ses parents et que nous étions hors de vue, elle s'arrêtait, croisait les mains, se recueillait un instant, et joyeuse et grave, je l'entendais qui disait: « Merci, mon Dieu. » Elle rendait grâces de sa liberté. Non qu'elle ne fût guère très sage. Mais, légère, il semblait qu'elle marchât toujours sur le tapis des désirs qui l'emportait au bout du monde, et comme elle avait pitié des benêts que nous étions, elle nous entraînait après elle. Je ne peux dire quel palais elle faisait chaque jour de nos maisons de branches, et ce n'était jamais le même. Elle s'appelait Jeannette. J'ai su qu'elle était morte toute jeune encore. La vie même sans doute ne lui suffisait pas.

Mais je raconterais en vain dix histoires de la sorte. Mieux vaut me résigner à ne savoir jamais comment je suis sorti du paradis. Le vrai est que presque personne ne le sait, sauf des personnages aussi exceptionnels que nos premiers parents. Les choses ne sont si claires que dans la Bible, et c'est seulement dans le premier jardin que l'arbre de la connaissance était ainsi planté, à la vue de ses habitants, avec ses grosses pommes mûres. Tout, dans les vies ordinaires et communes, est plus obscur et plus secret. Le mal, si c'est le mal, entre en nous jour à jour. Des rêves inachevés, mais toujours recommencés, finissent par nous remplir d'on ne sait quelle diabolique ardeur. A tous les fruits nous goûtons sans méfiance, et notre faim jamais n'est apaisée. On était toute docilité et soumission, et voilà qu'un jour on se découvre plein de folles exigences et que le goût même qu'on avait de Dieu est devenu la curiosité de Satan.

HISTOIRES DE SOULIERS

– Angélique ! bon Dieu ! Trois p'tits poulets ! Nom de Dieu !

C'était mon père qui, dans le jardin, nous criait sa joie. Il jurait par habitude. Ses jurons n'étaient pas du tout une offense au Seigneur. Ils lui servaient à mettre le mouvement et les pauses dans sa parole. C'en étaient les signes de ponctuation. Mais il avait mille façons de jurer et son ton nous renseignait, ma mère et moi, avec exactitude sur son humeur et ses sentiments. Ses appels au Créateur étaient cette fois purement exclamatifs et la plus vive action de grâces.

Je descendis l'escalier quatre à quatre et courus au jardin. Mon père s'était enfermé dans le poulailler. Je le voyais à travers le grillage. Debout dans son long tablier bleu de cordonnier, les bras ballants, les manches de sa chemise retroussées jusqu'au coude, la tête un peu penchée, immobile et muet, le premier moment de la surprise passé, il semblait plongé dans la plus profonde méditation. Il ne finissait pas de rouler entre ses doigts une cigarette. Adam, échappé de la main de Dieu, ne fut pas plus étonné, quand il vit s'étendre à ses pieds les merveilles du paradis.

Mon père enfin leva la tête :

– Regarde, petit, me dit-il, regarde !

Ses yeux flamboyaient. Dans la courette une poule, notre poule, sortie en effet du nid où elle était restée accroupie depuis des jours, le jabot gonflé, promenait trois poussins en levant haut les pattes.

Je comprends à présent quel événement c'était là. Pour moi qui arrivais de la campagne et avais poussé dans une cour de ferme, il n'y avait pas de quoi beaucoup m'étonner. J'étais tout près encore de l'enfance du monde. Mais mon père l'avait oubliée et il venait d'en avoir à nouveau la révélation. Il redécouvrait la générosité et la gratuité de la vie. Cette courette où caquetaient une poule et trois poussins lui était l'image du monde avant que le travail fût devenu l'universelle pénitence. Construire ce poulailler avait été moins une peine qu'un plaisir, et quelle démesure dans la récompense ! Trois poussins ! quelle profusion ! Mon père souriait, réconcilié avec la création. Ma mère fut moins satisfaite. Trois œufs éclos pour douze œufs posés : l'affaire n'était pas brillante. Mais la joie de mon père l'emporta et, ce jour-là, nous fûmes riches.

Etait-ce le pressentiment de si prodigieuses richesses qui nous avait amenés dans cette maison du faubourg, à l'orée des champs ? Les locataires y jouissaient d'un grand privilège. Chacun d'eux disposait derrière la maison de quelques mètres carrés de terrain. Mon père, qui ne maniait bien que les tranchets et le marteau de son métier, n'était pas du tout jardinier. Mais un de mes oncles était venu à son secours et avait planté de la ciboulette, des oignons, des choux, des salades. Mon père avait seulement tendu le cordeau et surveillé les alignements, et maintenant, les soirs d'été, il descendait au jardin et y achevait son souper en mangeant des petites cives sur son pain. Après quoi, il s'abandonnait aux délices de la contemplation. On avait aussi construit ce poulailler. L'oncle Francis avait encore eu tout le mérite du gros travail. Mon père n'était intervenu que pour le fignolage. Ce n'était pas un poulailler vulgaire, une simple cage à poules, mais une sorte de palais grillagé avec un haut fronton, un encorbellement et des tours d'angle dans lesquelles mon père comptait bien élever des chardonnerets.

– Sacré père Jean, lui disait mon oncle, tu ne t'intéresses qu'à ce qui ne sert à rien.

Et il est vrai qu'il était ainsi fait. Quand le poulailler avait été construit, il y avait eu grand débat entre ma mère et lui sur les habitants qu'on y logerait. Ma mère rêvait naturellement de la poule aux œufs d'or et y avait mis cette grosse poule paysanne et prolifique qui venait de nous couver trois poussins. Mon père y apporta un soir un petit coq et deux poulettes de Barbarie.

– Un cadeau ! nous dit-il, c'est un camarade qui me les a donnés, tu sais bien, Pierre Roulier.

– Vieux menteur ! répondit ma mère.

– T'inquiète pas, ajouta-t-il en manière de justification. Mes poulettes et mon coq, ensemble, ne mangeront pas plus que ta poule.

Il aimait d'instinct tout ce qui était rare et se méfiait du commun. Ses deux poulettes étaient fines comme des perdrix. Son coq eut bientôt parmi les locataires de la maison Bruand une renommée de grande méchanceté. Il était coléreux, toujours prêt à se battre et rendait la vie dure à cette grosse bourgeoise de poule qui avait un bon appétit et prétendait se réserver tout l'orge et tout le blé. Mais cette réputation de son coq ne déplaisait sûrement pas à mon père. Il n'eût pas su dire pourquoi, comme M. Renan, mais, comme lui, il eût préféré, j'imagine, de beaux monstres à la platitude. Une telle préférence participait de sa philosophie générale. Chacun a la sienne, et il n'est pas sûr que les plus savantes et les mieux liées soient les plus belles. Elles mutilent la nature et la réduisent à rien sous prétexte de l'expliquer. Ce sont trop souvent fables que se racontent entre eux gens de loisir à l'abri de la vie, et peu préoccupés de la changer, bavardages de vieux retraités, assis en rang sur les bancs des jardins publics, le menton sur leur canne, après la vie, après l'épreuve. Ils ne tiennent plus à savoir. Ils ne tiennent plus à rien. Les philosophies ne sont jamais plus belles que quand elles sont encore poésie, découverte et conquête du monde.

Mon père était un homme des villes, un ouvrier, pas du tout un paysan. Il n'aurait pas distingué un épi de seigle d'un épi de blé. Ce qu'il avait vu tout autour de lui dans sa petite ville, ce qui l'avait frappé, dès qu'il avait pris conscience de son être, c'était le désordre du monde et pas du tout son ordre. Jamais il n'avait connu cette sorte de soumission tranquille que peut mettre dans l'âme la contemplation habituelle d'une terre et d'un ciel accordés dans toutes les saisons. Il n'avait guère vu toute sa vie que les hommes, et l'honnêteté humiliée, et la sottise et la grossièreté triomphantes. Dès lors, il s'en était vengé, d'ailleurs sans aucun parti pris de le faire, mais gentiment, car il était ordinairement doux et sans colère. Mais sa mère faisait des ménages, et les bourgeoises l'éreintaient et la payaient mal, et cela ne lui avait pas semblé juste. Ses sœurs travaillaient à l'ouvroir des petites sœurs des pauvres, et elles y apprenaient, en brodant le tulle pour les riches chrétiennes de la ville, à vivre dans un esprit de pauvreté, et cela non plus ne lui avait pas semblé juste. Il n'avait pas fait là-dessus de grandes réflexions, n'avait construit aucun système. On ne saurait dire si c'était son goût de ce qui était rare qui lui avait donné celui de la justice, ou bien l'inverse. Mais il n'avait pas été en lui d'entrer dans ce compromis que les notables de son temps, le notaire, le juge, le patron et le curé appelaient l'ordre. Il avait cru voir que la justice était rare dans les affaires humaines et qu'elle ne se rencontrait que là où l'intelligence, la volonté et l'honneur de quelques hommes finissaient par l'imposer. Cela avait réglé sa vie. Il s'était échappé du désordre, comme il avait appris à danser, vers ses dix-huit ans, car il était aussi prévôt de danse, et personne ne battait comme lui les entrechats et les « ailes de pigeon ». Il aimait la justice comme il aimait la danse, la danse étant encore le pas des hommes, mais plus allègre et délivré de la pesanteur, la justice, leur conscience envahie par la lumière. Et s'il pardonnait aujourd'hui à cette grosse poule si infatuée, c'est qu'avec les trois poussins qui lui faisaient cortège elle venait de lui révéler soudain un luxe, une abondance conformes à ses rêves, et que, pour une fois, l'ordre de la création se trouvait être d'accord avec celui qu'il portait en son esprit.

Ces grands événements se passaient vers l'année 1900. Le monde bougeait. La petite ville des cordonniers sentait elle-même une vague inquiétude et ne savait plus bien où elle en était. Il semblait, à la voir du haut du jardin public, qu'elle ne fût pas sortie de son immémorial repos, perchée sur sa colline au milieu des champs. Les gros nuages roulaient toujours de la mer. Les châtaigniers du bocage étendaient tout autour d'elle la même toison verte. La rivière peignait toujours aussi doucement les mêmes longues herbes en tournant autour de l'église et du château. Dans les rues, à toutes les fenêtres, c'était toujours le même bruit gai et pressé des milliers de marteaux battant les talons et les semelles. Mais le matin, à sept heures et demie, à la sortie de la messe, les dévotes en capeline noire chuchotaient la nouvelle antienne des nouveaux malheurs qui menaçaient la chrétienté; les ouvriers travaillaient mal; ils avaient mauvais esprit; ils n'étaient jamais contents; on n'avait jamais vu ça et, bien sûr, le bon Dieu se vengerait.

A la vérité, on n'avait jamais travaillé davantage, si jamais tant d'hommes n'avaient porté de souliers, et si jamais moins d'hommes n'avaient marché en sabots ou pieds nus. Il fallait bien que les cordonniers fabriquent des souliers pour tant de gens qui désormais en demandaient. Le temps était passé où un homme étrennait une paire de chaussures trois fois dans toute sa vie, la première le jour de sa première communion, et sa mère les lui choisissait un peu grandes, parce qu'il était, disait-elle, dans sa croissance, et il les traînait sur le saint parvis comme les bottes de l'ogre; la seconde pour son mariage, et c'était une belle paire de bottines en mégis et à bouts vernis, dont il faisait pendant vingt ans ses fêtes et ses dimanches; la troisième, vers ses quarante ans, pour vieillir, une bonne paire solide en veau naturel avec des clous, et c'était la dernière, qu'il n'emporterait même pas dans la tombe, car la toilette d'un mort ne comportait que des chaussettes neuves avec un long fil de laine qui dépassait au gros orteil. Mais vers 1900, le monde vraiment avait été pris d'une sorte de frénésie. Tous les fleuves de toutes les concupiscences avaient débordé et recouvert la terre. Les hommes et les femmes d'Europe, tout particulièrement, et chez les pauvres comme chez les riches, avaient conçu une nouvelle prétention. Ils voulurent chaque année changer de peau. Car ce qui se passait pour les souliers se passait aussi bien pour les complets, les robes et les chapeaux. Pâques n'avait jamais encore été une si grande fête. On en parlait tout l'hiver, les jeunes filles surtout: « Ma robe sera-t-elle prête ? Et mon chapeau ? Et mes souliers ? » Cela n'allait pas sans mystère. On ne disait pas tout.

Pour rien, aucune n'eût dit aux autres de quelle couleur serait sa robe, quelle plume ou quelle fleur elle porterait à son chapeau, si ses talons seraient des talons anglais ou des talons Louis XV. Mais enfin les cloches revenaient de Rome, elles sonnaient à toute volée, c'était Pâques, et sur les marches de l'église, après la grand-messe ou la messe de onze heures, toutes les filles de la ville, dans leurs nouvelles couleurs, s'arrêtaient un moment, faisaient traîner leurs bavardages, le temps de se faire reconnaître, comme le nouveau printemps. C'était vraiment Pâques dans leur cœur autant que pour la terre. Elles refleurissaient.

Mais là justement était bien le scandale: cette abondance de biens et cette ardeur à en jouir, ce besoin diabolique de changer de peau, comme les serpents, cet instinct d'un nouveau bonheur, cette joie nouvelle, cette volonté d'avoir part à la fête à son tour, ce nouveau sourire, timide encore, des filles qui regardaient si on les regardait, cette nouvelle vanité, cette nouvelle fierté, ces yeux levés des hommes, cette flamme dans leur regard, cette insolence, et cette idée des cordonniers qui fabriquaient des bottines pour les autres d'en fabriquer aussi pour eux-mêmes et de plus belles, une paire à lacets pour les jours de semaine, une autre paire, à boutons, pour les dimanches, et cette arrogance des couturières qui se voulaient aussi belles que leurs clientes, ce gaspillage, et tout cela dans la plus vieille, la plus sage, la plus soumise des petites villes de l'Europe, une petite ville grise et bleue de Bretagne, au plus épais du bocage, à quelques lieues de la mer, au bout du monde, loin des Babels de perdition, une petite ville vouée depuis des siècles à la Vierge, à saint Léonard et à saint Sulpice, où il n'y avait pas vingt ans encore, les grand-mères en mourant léguaient leurs coiffes et leurs châles à leurs petites-filles, les grand-pères leurs gilets dorés à leurs petits-enfants, et où le pain enfin, comme il se doit, bis pour les pauvres, blanc pour les riches, n'était pas fait pour les uns et pour les autres de la même farine. Quelle tempête soufflait sur le monde? Les épouses des notables, menacées dans leur privilège d'élégance, la plume en bataille, le nez sur leur jabot, tapotaient rageusement le bout de leurs bottines de la pointe de leur parapluie :

– Ces gens-là n'ont jamais gagné tant d'argent ! A quoi cela sert-il? Ils n'ont jamais été moins économes. Un chapeau neuf chaque printemps ! Des souliers neufs chaque année ! Voyez-vous ça ! Et nous alors !

Il semblait à ces dames que la terre elle-même, si l'on n'y mettait ordre, manquerait bientôt sous leurs pas. Des riches, les femmes sont les plus méprisantes : elles emploient leurs loisirs à mépriser. L'exercice de la puissance assure à leurs maris d'autres divertissements.

« Ces gens-là ! », qu'on pensât à nous, qu'on parlât de nous de cette sorte, c'était tout juste ce que mon père ne pouvait supporter, et l'une des choses sûrement qui l'avaient jeté dans l'aventure et la révolte. Qui étaient-elles donc? Et d'où étaient-elles donc sorties? Riche ou pauvre, on l'était par chance, comme fin ou bête. Il disait drôlement qu'il avait pris souvent la mesure de leurs pieds et qu'il savait aussi bien ce que valait leur tête. Et non, non, elles n'étaient pas malines, malines, mais bêtes comme nous, comme tout le monde. Et sans goût ! Enfin il n'y avait pas plus en elles qu'en nous à respecter.

Il faut dire que s'il passait pour une mauvaise tête, il était un habile ouvrier, et cela lui avait valu, où qu'il travaillât, d'avoir l'honneur de chausser la patronne. Ayant souvent changé de patron, il connaissait presque toutes ces dames. La grande Mme Langlois qui voulait faire pied fin chaussait du quarante-trois ! Sa fille promettait, avait des chevilles d'hippopotame. Mme Bourel avait un oignon au gros orteil gauche. La grosse Mme Durand tournait des talons : c'étaient les chevaux de bois ! Les orteils de Mme Pitaud jouaient à saute-mouton les uns par-dessus les autres. Mais on ne pouvait pas dire, Mlle Préault avait un joli pied, un trente-cinq, et trois et demie de largeur, la bonne mesure pour un pied de femme, un pied classique, bien cambré, un pied de déesse pour des talons de quatre centimètres et demi, et une cheville ! sèche et fine ! et des doigts ! rangés comme pour un gant. Et puis elle savait marcher ! Mon père ne tarissait pas sur les mérites des pieds de Mlle Préault. Enfin elle était jolie et gentille, polie. C'était plaisir de travailler pour elle. Quand elle se maria, il lui fit autant de paires de souliers qu'elle avait de robes, et assortis, les plus beaux peut-être qu'il ait faits de sa vie.

Il me racontait ses visites à ces dames pour prendre leurs mesures, puis pour l'essayage, quand madame avait les pieds trop délicats, et enfin pour livrer l'ouvrage. Il mentait un peu dans ses contes sans doute, pour mon plaisir, et comme les gens gais qui aiment à parler. Il me disait comment on entrait dans les belles demeures inaccessibles de la rue Nationale ou du boulevard de Nantes, comment on sonnait au perron, et cette splendeur qu'on entrevoyait, dès qu'une petite bonne vous avait ouvert la porte du vestibule, les trophées de chasse, les panoplies d'armes aux murs, et son émotion lorsque, quittant le seuil de pierre, il appareillait comme une frégate, sur la mer du parquet ciré. La servante allait prévenir. Il attendait dans l'antichambre, entre les portes, chaque fois aussi surpris par le merveilleux silence de ces maisons où on ne faisait rien.

– Tu n'oses pas bouger, tu as peur de faire craquer le parquet.

Il écoutait des voix derrière la cloison, jetait par la porte vitrée un regard sur les jardins, derrière la maison. Les camélias, les roses, les hortensias, les rhododendrons, des fleurs dont on ne sait même pas le nom y fleurissaient selon la saison. La patronne apparaissait soudain dans une porte :

– Ah ! c'est vous !

– Oui, madame, le patron m'a dit de venir.

– Entrez !

Il continuait sa traversée. Repartir était le plus difficile. Le parquet lui semblait sans rivages. Il avançait à petits pas et sur la pointe des pieds. Enfin il abordait sur un tapis et, avec son équilibre, retrouvait son sang-froid et sa compétence d'homme de métier.

Une fois, la visite tourna mal. C'était chez la grande Mme Langlois. Mon père était à ses genoux. Il avait, en silence, étendu sous le pied gauche de la dame, le plus fort, une feuille de papier blanc. Il avait d'un gros trait de crayon bleu fait le tour de ce pied comme d'un continent. Il venait d'en mesurer la longueur.

– Quarante-deux et demi, quarante-trois, dit-il en se relevant et tenant dans sa main son compas à coulisse ouvert, comme une preuve irréfutable.

Mme Langlois ne parut pas entendre, mais c'était un fait que ses pieds n'avaient pas diminué.

– Et votre syndicat, dit-elle, comment va-t-il? Avez-vous beaucoup d'adhérents?

– Enfin, répondit mon père, pour les hommes, ça va. On ne peut pas se plaindre. Il y a des coupeurs, des monteurs, des finisseurs. Tout le monde y vient.

– Et pour les femmes?

– Ah ! c'est plus difficile. On n'a pas trop de piqueuses, c'est vrai. Les femmes, vous savez, c'est timide. Elles n'osent pas... Mais, si vous leur donniez l'exemple, madame Langlois, on aurait une place pour vous et on serait bien fier.

Cela était parti, sans qu'il prît garde. Mme Langlois avait été piqueuse dans sa jeunesse. Dès le soir, mon père fut appelé au bureau de M. Langlois, et on lui régla son compte.

– Avec ta langue de vipère, lui disait ma mère, on finira par coucher dehors.

Et cela en effet pouvait bien être dans les desseins de la providence, mais mon père n'y pensait pas. Il était dans sa nature de vivre légèrement. Non qu'il n'eût souffert des privations qu'il nous eût vus souffrir, mais il n'était pas homme à les prévoir. Il était né et croyait tous les hommes nés pour le bonheur. La misère le surprenait, l'offusquait, l'offensait toujours, mais il ne réglait pas son cœur d'après elle. Il ne pouvait la craindre. Il ne comptait jamais avec elle. Il était tout de premier mouvement, un mouvement vif et fier que rien n'avait corrigé. Tel il était quand tout enfant il était arrivé à Fougères, et tel il était encore aujourd'hui. Il avait gardé sa fierté d'enfant sauvage.

Toute la famille était arrivée à Fougères, il y avait dans les trente ans. A quelle occasion? Dans quelles conditions? Mon grand-père, je crois, avait suivi son patron, un marchand de bois, dans son déménagement. C'était un serviteur fidèle, un ancien soldat, grave, qui avait été à Solferino et qui ne buvait jamais. Il menait les chevaux. C'est là tout ce que j'aie jamais su de lui et tout ce qui me reste pour composer son épitaphe. Donc ils étaient venus, leur pauvre bien chargé au cul d'une longue charrette, toute la tribu, le père, la mère et cinq enfants, deux garçons et trois filles, du fond de la Bretagne, par les belles routes bordées de chênes et de châtaigniers. Le voyage dans la famille était devenu légendaire, bien plus que celui d'Ulysse ou d'Enée. On me l'a souvent raconté. C'était au mois de mai, et les genêts étaient fleuris. De Pontivy à Fougères, le chemin était long par Josselin, Plélan, Rennes, Saint-Aubin-du-Cormier. On avait traversé des forêts, passé des rivières, entrevu des châteaux, touché les pierres des fées. Le grand-père marchait à la tête des chevaux. La mère, qui portait la Sainte-Vierge dans un panier, les enfants suivaient la charrette. Quand ils étaient trop las, la mère couchait les petits dans une sorte de corbeille suspendue sous la voiture et qui bringuebalait entre les roues. Ils s'y endormaient, y rêvaient. Il y a des premiers songes dont on ne se réveille jamais. Mon père, je pense bien, ne se réveilla jamais de certains rêves qu'il fit alors. Ce n'était pas à Fougères qu'ils allaient. Ils étaient en route vers la terre promise.

Peu de temps après leur arrivée à Fougères, mon grand-père mourut. Ma grand-mère resta seule avec ses cinq enfants. Elle continua à faire des ménages, le frère aîné devint apprenti cordonnier, les sœurs travaillèrent à l'ouvroir de la Providence. Dans cette misère, mon père qui était le plus jeune fut encore, au moins pendant quelque temps, traité comme l'enfant gâté. C'est là sans doute ce qui préserva ses rêves et sa fierté. Toute la maisonnée travaillait pour lui. Il avait une jolie voix et devint enfant de chœur à Saint-Léonard, et c'est à quoi sûrement il me faut rapporter son irrespect des choses saintes: elles lui avaient été trop familières, et il avait goûté le vin des burettes. Vers ses onze ans il eut une étrange maladie, effrayante et tout à fait inconvenante dans une maison de pauvres : il avait toujours faim, mais une faim, une faim que rien ne rassasiait. Cela dura bien une année durant laquelle tout le monde se priva pour lui. C'est à cette époque que son frère le surnomma « l'aristo ». Ses sœurs lui donnaient la graisse de leur tartine à lécher et ma grand-mère lui apportait tous les restes qu'elle pouvait recueillir dans les maisons bourgeoises où elle travaillait. Le maître d'école disait de lui qu'il apprenait tout ce qu'il voulait, mais à la vérité il voulait peu. Il était sans ambition. On ne put jamais le décider à aller au collège où il aurait pu obtenir une bourse. Il avait hâte d'être libre, de gagner sa vie et d'être cordonnier, et il le fut dès l'âge de treize ans, non pas contraint par le besoin, mais de sa pleine volonté, sans idée qu'il pût y avoir rien de plus libre au monde qu'un apprenti cordonnier.

« Les hommes naissent et demeurent libres et égaux en droits. » Le beau, l'admirable credo ! Il faut le croire et tout régler comme si cela était vrai, et que la loi nous force à jouer notre grandeur. Ce qui est bas en nous prend toujours assez vite sa revanche. Mais ce n'est pas peut-être tout à fait vrai. On naît libre par grâce, comme intelligent ou beau. Ce vif instinct de la liberté est la plus grande chance sur un berceau, et c'est lui qui assure le mouvement de l'espèce. Dans toutes les conditions, les plus humbles comme les plus hautes, une sorte de certitude préalable avec laquelle, semble-t-il, ils sont nés, rend certains hommes inaccessibles. Rien ni personne jamais ne les tient. Leur grande affaire est de n'être jamais accablés, écrasés par ce qui accable et écrase tous les autres, l'abondance ou l'absence de biens. C'est de sauvegarder autour d'eux l'air pour respirer, l'espace où l'esprit vit à l'aise, où le cœur se gonfle, la marge de la liberté. Ce sont eux vraiment les hommes bien nés.

Sans le savoir et sans le vouloir, mon père devint rapidement l'un de ces mauvais esprits, l'un de ces « meneurs » que les bourgeoises de la ville auraient volontiers écorchés vifs, si quelque circonstance les leur avait livrés. Je voudrais parler sans âcreté de cette époque sordide. On peut douter que les rapports entre des hommes aient souvent été plus ignobles que ceux des patrons de ce temps-là et de leurs ouvriers. Le seul souci de l'argent réglait toute la vie, et aussi bien de ceux qui n'en avaient pas que de ceux qui en avaient. Tous en étaient avilis. Epoque intermédiaire: ce n'était plus l'économie de la rareté, ce n'était pas encore l'économie de l'abondance. Les ateliers, en prenant toujours plus d'importance, avaient cessé d'être ces entreprises familiales et patriarcales qu'ils avaient pu être au temps de l'artisanat, et l'ordre administratif et anonyme de l'usine contemporaine n'était pas encore trouvé. Epoque de « parvenus ». L'industriel gardait les mœurs d'un gagne-petit et veillait à ses affaires comme sa femme, à la cuisine, surveillait le café en comptant les grains. Lui demander une augmentation de salaire, si minime qu'elle fût, c'était proprement lui « arracher le ventre » comme il disait, vouloir le mettre sur la paille, bouleverser le marché, et détruire la patrie.

– Et les prix de revient ! s'écriait-il, on voit bien que vous n'avez pas à les faire, vous !

Les prix de revient ! C'était le secret de l'entreprise, la panacée d'une maison, le mystère sacro-saint au nom duquel nous pouvions tous mourir. J'ai vu d'effrayantes batailles livrées pour deux ou trois centimes qui, ajoutés au salaire d'un ouvrier pour le montage d'une paire de souliers, auraient augmenté sa journée de quatre à cinq sous, mais auraient compromis ce fameux « prix de revient ». « Demander de l'augmentation », comme on disait, était une grande épreuve. On supputait longtemps quand il vaudrait mieux la tenter. Dans le coup de feu de Pâques, peut-être ? Le patron n'oserait pas refuser, risquer l'interruption du travail, la fermeture de l'usine au plein de la saison. On consultait son visage, comme un paysan les phases de la lune. Enfin on décidait de ne plus attendre. Il avait l'air de bonne humeur. Il était dans ses bons jours. On lui envoyait une délégation, on lui portait une pétition. Tous les intéressés la signaient, mais en prenant une précaution curieuse : la suite des signatures formait un cercle, afin qu'on ne pût pas distinguer l'initiateur, le premier signataire. Il refusait. Grève. Bataille. On finissait par rentrer, quand on avait trop faim. On avait obtenu un centime par paire. Mais le sacro-saint prix de revient était sauf. Le patron, histoire d'arrondir les chiffres, l'augmentait d'un sou.

Ces drames pour un sou ou pour un centime ont rempli mon enfance. Ils étaient la rançon de la robe neuve ou du complet neuf qu'on étrennait à Pâques. Ah ! jamais printemps ne fut mieux mérité. Ces batailles recommençaient toujours. Nous étions insatiables, disaient nos maîtres, mais eux-mêmes étaient de vrais Shylock à qui on croyait voir pousser les ongles. J'ajoute, pour être juste, qu'ils l'étaient avec conscience et application. Sordides de toute leur âme. Ils pensaient sauver des principes. Les contradictions du temps étaient en eux. Car, s'il leur paraissait légitime, nécessaire au développement de leurs entreprises et à la prospérité du commerce et de l'industrie qu'on fabriquât et qu'on vendît toujours plus de souliers, de robes et de chapeaux, l'idée ne leur venait pas qu'il nous fallait à nous, pour en acheter, toujours plus d'argent. Le Seigneur multipliant les pains dans le désert leur semblait un symbole admirable de leur propre miraculeuse activité, mais ils jugeaient suspecte la grande faim des foules autour de lui, et ils voyaient en elle, au fond des temps, un noir présage de cette fringale, de ce gaspillage inouï dont la société pouvait bien mourir, et ils nous haïssaient.

Ils nous haïssaient et nous les haïssions, et cette haine est ce qui rendait ce monde si laid, si pénible à supporter, si pénible à regarder encore aujourd'hui même. Ils nous haïssaient de cette affreuse haine que peuvent seuls composer la conscience d'un privilège mal fondé et le sentiment de la puissance menacée. Car la vanité a ses limites : parvenus de fraîche date pour la plupart, ils ne cessaient naturellement de se dire qu'ils devaient tout à leurs mérites, mais il ne se pouvait pas qu'ils n'eussent leurs heures de doute où les abandonnait la certitude de leur supériorité. Alors ils s'absorbaient malgré eux dans le souvenir du coup de chance qui les avait institués nos maîtres dérisoires, et la haine leur poussait dans le cœur. On défend bien plus férocement sa chance que son droit. Ils nous haïssaient de leur tant ressembler encore, après cette promotion du sort qui les avait élus, et de vouloir, comme eux, être heureux. Ils haïssaient nos incroyables prétentions à manger comme eux, à être vêtus comme eux, et nos monstrueuses espérances, et cette bonne conscience que, par comble, nous paraissions avoir dans nos désirs. Enfin ils haïssaient en nous ce que nous sentions, nous, être le meilleur de nous-mêmes, et c'était cela le plus douloureux à supporter. Eux et nous formions vraiment deux espèces; il semblait que nous n'étions plus les mêmes hommes. Les choses en étaient venues là, et la guerre était ouverte entre leur chance et notre droit. Quand je pense à ces choses, je crois sentir posé sur moi un horrible regard jaune qui interdisait l'espérance et salissait la vie.

Mais mon père, lui, avait un grand sens de la joie. Il n'avait point de haine. Il était de ces hommes qui ne doutent pas un instant que la vérité ne soit en nous, non hors de nous, et qu'on ne la connaisse d'un coup, par un vif élan de l'âme, non par prudence et par étude. Cette méthode rapide mais un peu paresseuse l'entraîna à quelques erreurs, s'il m'en souvient bien. Il n'était pas assez méfiant. C'est ainsi, m'a-t-on raconté, qu'il lui était arrivé de prendre le beau général Boulanger avec son cheval noir, son plumet et sa maîtresse, pour un prophète des temps nouveaux. Il n'aimait pas qu'on le lui rappelât, au reste peu intéressé désormais par le détail de la bagarre politique quotidienne. Ce qui lui importait était ce qui se passait en lui, un événement d'une admirable intensité, toujours repris, toujours recommencé, une certaine idée de la vie humaine qu'il avait, à laquelle il ne pensait pas même devoir être fidèle, mais qui le menait toujours, qui était devenue plus lui que lui-même. Ses camarades, les compagnons, l'avaient bien nommé Pontivy la Justice. Son idée avait fait de lui un donneur de lois, un législateur aussi authentique que ces philosophes dont les livres aujourd'hui m'environnent. Il avait du plaisir à parler et à faire parler les autres. Pendant quelques années, il put s'en donner à cœur joie. Ma mère avait été nommée « mère des compagnons ». Le compagnonnage tombait, dès ce temps-là, partout en désuétude, mais il s'était maintenu, on ne sait comment, à Fougères. Or, selon la tradition, la « mère » devait aider les compagnons en train de faire leur tour de France, à trouver un logement, une pension, de l'ouvrage. Une telle fonction fit naturellement de notre maison un lieu de réunion, encore que les passants ne fussent plus très nombreux. Mais les compagnons de la ville même aimaient aussi se retrouver chez nous. Le dimanche, vers les quatre heures, mon père rangeait ses outils, arrosait, balayait son « coin », vidait le baquet où d'ordinaire trempaient les contreforts et les semelles. Son ouvrage dans la toilette, « prêt à rendre » dès le lundi matin, faisait un gros tas noir sur le bahut, devant la fenêtre. Les camarades pouvaient venir. Mon père, en grand secret, m'avait dit, un jour, leur vrai nom, celui qu'ils méritaient et que leurs frères leur avaient donné en les recevant parmi eux, celui de la vertu qu'ils aimaient davantage et s'engageaient à mieux servir. M. Foursac était Villefranche la Liberté, Frédéric Paulhan, Montpellier la Franchise, le père Vaillant, Paris la Probité, le petit Chéhanne, Louvigné l'Espérance, Jean Bouché, Dax la Loyauté, François Blanzat, Limoges l'Amitié. Qui peut se vanter d'avoir grandi dans un pareil cercle de vertus ? On n'eût jamais dit, à les voir, qu'ils avaient contracté si sévère alliance, souscrit si rigoureux engagement. M. Foursac était un vieil homme généreux ; il avait été longtemps contremaître chez Langlois, mais maintenant son cœur malade l'empêchait de travailler. On ne savait pas bien comment il vivait avec sa femme, vieille comme lui, dans la rue des Vallées. Il était très pauvre, mais il avait l'air riche. Il était plus cultivé, avait plus lu que tous les autres. Etait-ce ce savoir, son âge, le soleil de son pays qu'il y avait dans sa voix, une façon indulgente et noble qu'il avait de prendre la vie, une sorte de dignité qui rayonnait de lui, mon père l'admirait. On l'appelait toujours monsieur Foursac. Le petit Chéhanne, Louvigné l'Espérance, pour qui, je crois, mon père avait le plus d'affection, était un petit homme boiteux, souffreteux, aux gestes gênés par une paralysie osseuse, toujours appuyé sur une canne; il avait une voix de fille, toute tendre et fluette, mais des yeux, des yeux où étincelait l'espérance justement, à moins que ce ne fût la maladie... Donc ils arrivaient les uns et les autres. Ma mère suspendait la grosse lampe de cuivre, mettait des tasses sur la table, préparait le café. Les Vertus s'asseyaient sur les chaises. Mon père gardait son tabouret à lanières de cuir tressées. « L'habitude ! » disait-il. Je prenais place sur un petit banc à ses pieds. Et commençaient entre les Vertus des bavardages infinis.

On ne mettait pas en pièces l'univers, non, ce n'étaient que de petites histoires de rien du tout qui s'enchaînaient les unes aux autres comme le plaisir à la peine, des petites histoires de sous et de centimes encore.

Le pain de six livres était passé de seize à dix-sept sous.

Il fallait se méfier du nouveau directeur de chez Pitaud. Il avait l'œil partout et distribuait les amendes à la douzaine. Il était d'un autre temps. Cinq sous pour avoir quitté sa place. Dix sous pour être arrivé en retard. Dix sous pour aller trop souvent aux cabinets. Cinq sous pour avoir bavardé. C'était le tarif. Il y en avait qui avaient comme ça récolté jusqu'à cinquante sous d'amende. Sur une semaine de seize francs !

Il y avait du tapage chez Langlois ! Un monteur avait eu à monter une douzaine de souliers de soirée, des « mousquetaires » vernis. Le froid chez lui avait, une nuit, fait gercer les vernis. Langlois prétendait mettre la douzaine à son compte. Comment la paierait-il ? Et des souliers de soirée ?... Que voulait-on qu'il en fasse ?

– Avait-on vu la nouvelle trompette du grand Langlois ?

– Nouvelle ! Il est bien trop fier pour en changer !

– Je ne veux pas dire sa figure ! Je parle de ses trompettes, de ses cors de chasse.

On ne finissait pas de rire du calembour. L'affaire était que le grand Langlois avait acheté une nouvelle voiture et un nouvel équipement pour aller à la chasse. Il fallait le voir remonter la grand-rue. Une vraie voiture de cirque, jaune et rouge, avec une galerie haut perchée sur les roues de derrière. Les chiens, toute la meute, aboyaient au premier étage. Les piqueurs, en livrée comme des jockeys, dans la galerie, jouaient de la trompette. Des trompettes longues d'un mètre et dont le son aigu devait réveiller les morts. Lui-même, en culotte blanche et jaquette rouge, vissé sur son siège comme un mannequin, le monocle dans l'œil, les mains à hauteur du nez tenant les guides, conduisait à quatre chevaux. La voiture fantasmagorique et pleine de bruit roulait par les rues vides, dans le silence de la ville au travail. Un « coach », qu'on appelait ça ! Et tout ça pour aller à Bazouges manquer les perdreaux que lui rabattaient ses gardes.

Il faut le dire, quand elles étaient sur le grand Langlois, les Vertus ne tarissaient plus, et aucune d'elles ne méritait de se nommer la charité. Il est vrai que le grand Langlois fournissait une assez riche matière, long qu'il était comme un jour sans pain, et avec son nez de grand duc, ses habits extravagants, ses manières de lord anglais, ses chevaux, ses chiens, ses valets, ses maîtresses et cette mystérieuse villa aux volets toujours clos qu'il avait fait bâtir dans un faubourg, et où, disait-on, il s'enfermait, des jours durant, à l'écart de sa famille, pour on ne savait quels plaisirs. Un parc fermé de hautes palissades de fer et qui, en toutes saisons, quand on passait, sentait bon comme le paradis, entourait la maison. C'était le palais de Néron ou de Sardanapale. J'ai appris depuis que ce ne furent pas là des hommes nécessairement heureux, et le grand Langlois pouvait bien s'enfermer, qui sait, avec son désespoir. Mais je ne pouvais pas être aussi juste en ce temps-là : le pain de six livres était passé de seize à dix-sept sous.

Savait-on que M. Bourel avait changé son jour? C'était le mercredi maintenant qu'il allait retrouver la Besnard, sa piqueuse de boutonnières, la belle Alice. C'était un homme ponctuel, M. Bourel, et même dans ses amours. « La régularité », il n'avait que ce mot à la bouche. La régularité avait fait sa fortune. Donc, à trois heures moins dix, tous les mercredis, dans sa cage de verre, au milieu de l'atelier, il donnait tous les signes que certaine agitation cyclique et hebdomadaire venait de le reprendre. Il se lissait les moustaches, repeignait ses cheveux en brosse, arrangeait sa cravate... A trois heures tapant, il partait. A cinq heures il était revenu et reprenait sa place à son bureau où il signait son courrier d'une main encore ferme... Et le pauvre Besnard? Bah ! il engraissait comme un chapon.

Il arrivait que les Vertus redevinssent ainsi trop lourdement des hommes. Un regard de ma mère, et qui ne m'échappait pas, leur rappelait que j'étais là. Elle leur faisait honte de leurs cochonneries. Car on pense bien que j'écoutais de toutes mes oreilles. Mais les Vertus reprenaient leur gravité et, d'histoire en histoire, je voyais se composer la vie et nos destins. Un pain de six livres, marron et noir, avec sa « pesée » dessus, cette longue miche sur laquelle ma mère, de la pointe de son couteau, traçait une croix comme un signe de notre gratitude, et, tout autour, des mains tendues, des désirs qui haletaient, c'était le résumé du monde. « Donnez-nous aujourd'hui notre pain quotidien et ne nous laissez pas succomber à la tentation », disait la vieille prière de tout l'Occident. Et en effet les choses étaient ainsi liées, le pain et les tentations. Il y avait d'abord le pain, la source de la vie, le moyen d'apaiser sa faim, le principe de toutes les forces, de toutes les puissances et de toutes les joies. Et puis il y avait toutes les manigances pour s'en emparer, toutes les vertus à l'œuvre mais aussi tous les vices pour en avoir un peu plus à grignoter, le travail et le vol, l'économie et l'avarice, toutes les violences, toutes les ruses, tous les règlements hypocrites de répartition, toutes les lois, toutes les philosophies, le droit naturel du plus gros à manger davantage, mais celui des plus maigres à s'engraisser un peu, l'injustice des rassasiés fixant la tradition, mais la justice des affamés déchaînant les révolutions, la lourde main des forts posée sur la miche qu'ils ont peur de perdre, mais aussi l'acharnement des faibles, leur fourmillement autour des miettes tombées à terre. Le pain ! Tous les enfants de la maison Bruand, à tous les étages, avaient de ce mot plein les oreilles. « Mange ton pain », c'était la recommandation aux gourmands qui mangeaient d'abord le beurre et la graisse, mais « ne mange pas trop de pain », l'avertissement aux goinfres qui avaient trop d'appétit. Il y avait aussi ce mot terrible que les mères ne disaient jamais que dans la colère mais qui vous remplissait de honte: « Tu ne gagnes même pas ton pain. » Le pain ! il semblait que ce fût toute l'histoire, telle du moins que mon père et ses camarades se la racontaient. Et une question, une seule question naissait de leurs propos. Elle flottait dans les ombres de la chambre et c'est elle qui quelquefois rendait l'atmosphère si grave: est-ce que cela ne finirait jamais?

Mais, au fond d'eux-mêmes, ils étaient très sûrs que cela finirait.

Ma mère, elle, était fataliste.

– Vous n'avez pas de justice, leur disait-elle. Nous ne valons pas mieux que les autres. On est tous pareils. Les plus près du plat se servent, voilà tout. Peut-être bien que vous en feriez autant. On ne travaille que pour mettre du beurre sur son pain. S'il n'y avait pas de beurre ou l'espoir du beurre, pour soi et pour les enfants, on ne ferait rien.

Ce réalisme affreux provoquait toujours parmi les

Vertus la même colère, et mon père que ces paroles humiliaient répondait toujours:

– Faut pas dire ça. Même si c'est vrai, il ne faut pas le dire.

Dans ces moments-là, il cherchait sa pensée. Il avait des gestes toujours les mêmes. Il se débarrassait de l'ombre où nous étions enfermés. De petites rides se formaient au coin de son œil gauche qui clignait un peu et étincelait. Il se redressait sur son tabouret, doucement passait sa main droite sur le dos de sa main gauche dont il étendait les doigts.

Ces paroles de ma mère détruisaient son système. Il avait besoin de croire à la générosité des hommes. Sans elle, toute sa pensée s'écroulait.

– Non, disait-il, ce n'est pas vrai, pauvre femme. C'est l'habitude qui te fait parler comme ça. Ce sont les riches qui ont inventé ces histoires, et ils voudraient nous forcer à penser comme eux. Mais non, on ne travaille pas comme on vole, contre les autres, aux dépens des autres. Il y a toujours eu et il y aura toujours des hommes qui aiment le travail et des hommes qui ne l'aiment pas. Ceux qui l'aiment continueraient de l'aimer, même s'il n'y avait pas de beurre, même si l'on supprimait la fortune. Mais on nous mène comme on mène les ânes, en nous tenant une carotte sous le nez. Ceux qui tiennent la carotte déclarent que sans elle personne ne pourrait plus avancer. Ils mentent. Supprime la carotte, les bons continueront d'aller, les fainéants seront toujours à la traîne. Nous ne serions pas tous avilis. On ne se battrait plus pour attraper la carotte. C'est à qui tirera la langue la plus longue. Ce n'est pas beau. Ce qui fait un homme n'est pas sa rapidité à prendre. Le meilleur n'est pas le plus riche, ni le plus rusé, ni le plus fort. Ce qui fait un homme... Je ne peux pas dire ce que je sens. Mais on n'a jamais encore assez compté avec ça justement.

Toutes les Vertus étaient d'accord en ce point. Quels hommes et combien désignait ce « nous » qu'employaient toujours mon père et ses camarades ? J'accorderai qu'ils avaient vite fait d'annexer à leurs pensées toute l'humanité. C'est le propre des hommes religieux. Et ils étaient les plus religieux des hommes. Ils croyaient. Toute la gent marmottante, chuchotante, et qui toujours ronge de ses lèvres minces les choses de la terre et du ciel, murmurait qu'ils n'avaient ni Dieu ni maître, et, par comble, il leur arrivait à eux-mêmes de s'en vanter. Mais c'étaient eux qui croyaient, tandis que presque tout ce qui, dans la petite ville, faisait profession de croire ne savait même plus ce que c'est que croire et disait ses patenôtres seulement par habitude. Ils croyaient, comme, je le crains, on ne croit plus. Leur foi s'est un peu salie dans la mêlée des partis. Des démagogues l'ont embourgeoisée quelquefois. Ils portaient en eux toute brillante l'image d'un homme nouveau. Ils n'en faisaient pas de grands contes. Ils n'auraient su les faire. Mais il y avait cette lumière en eux. Les ombres pouvaient être épaisses où ils se débattaient. La peur et l'esprit de soumission étaient partout encore dans ces ombres, et il s'en fallait que tous les mangeurs de pain, leurs camarades, fussent animés de leur courage et de leur foi. C'était en leur nom cependant qu'ils prétendaient agir et parler, et, quand ils disaient « nous », c'était à eux tous qu'ils pensaient sans que la grammaire et les faits peut-être déjà les y autorisent, mais par un droit du cœur qui sûrement leur appartenait. C'est cela croire. Ils croyaient pour les autres bien davantage que pour eux-mêmes. Ils pensaient seulement avoir plus de chance, ayant plus de lumière, et ils ne doutaient pas que leur espérance ne fût celle de tous les hommes.

C'est ainsi qu'ils « menaient », à leur place, dans les ateliers et les usines, par leur seul exemple. Et c'est ainsi qu'en vingt à trente ans, la petite ville prit l'idée d'un nouveau bonheur, ainsi que j'ai vu lentement changer la vie, se composer sur la tête des jeunes filles leur chapeau de printemps. Qu'on ne dise pas que ce n'est rien. Quand je rechignais à cirer mes chaussures, que de fois mon père m'a dit :

– Des souliers bien cirés, et un col bien blanc, cela vous change un homme, mon petit !

LA PEUR

Je me sens quelquefois l'âge de Mathusalem – le monde change si vite depuis cinquante ans – et je crains que ce que je raconte ici ne me range définitivement, auprès des jeunes gens, parmi ces ruines qu'ils appellent si gentiment « son et lumière ». Le souci de n'offenser aucun malheureux m'empêche d'écrire qu'il n'y a plus de pauvres en France. Mais l'espèce de pauvreté que j'évoque est sûrement démodée et il se peut qu'un livre comme celui-ci n'ait plus désormais d'actualité que chez ces peuples qu'on appelle sous-développés. Je m'en réjouirais.

Au reste, je me suis mis à ces récits pour le plaisir et avec la seule idée de sentir encore une fois ma jeunesse et ce qu'est la vie, quand elle est dans sa force et sa sincérité. Quoi que je dise, je sais bien que, dans ce temps-là, j'étais heureux. Mais notre mémoire est ingrate : nous nous souvenons mal du bonheur. Il s'use et nous use dans le temps même qu'il passe : nous nous donnons à lui tout entiers. Le malheur, au contraire, nous partage. Une partie de nous le subit, une autre proteste et résiste, et cette protestation et cette résistance finissent par composer presque toute notre mémoire. Je n'éviterai pas qu'une rancune d'autant plus profonde qu'involontaire n'assombrisse ces récits. Aussi bien, si je regrette mon âcreté, je ne me reprocherais pas moins la fadeur. La misère est laide. On n'en peut faire, sans mentir, des contes de fées. Je hais le dolorisme qui entretient la douleur en la faisant aimer et j'ai peu de goût pour les belles âmes charitables en qui la souffrance des autres devient délices. « Cet homme souffre, disait un écrivain à la mode, ah ! qu'il est intéressant ! Mais qu'il cesse de souffrir, il ne m'intéresse plus ! Voilà mon sujet gâché. » Quel ridicule cynisme !

A la source de ma rancune, il y a quelques images qu'aucun temps n'effacera. Je revois le visage de ma mère, tout ridé par l'angoisse, et ses yeux pleins de peur. Je la vois toujours travaillant, toujours courant, toujours haletant. Elle courait pour devancer le malheur, pour être là, occuper la place avant lui. Elle ne s'arrêtait jamais parce que lui non plus ne s'arrêtait pas. Chaque journée n'était, semblait-il, qu'un imbroglio de petits et de grands tourments où elle ne se reconnaissait plus. Elle courait « rendre » son travail à l'usine, parce que, si elle arrivait trop tard, elle n'aurait pas de nouvelle tâche: la contremaîtresse la remettrait au lendemain matin, et cela ferait une nuit de perdue. Elle courait pour revenir à la maison, parce que les châtaignes seraient trop cuites, et ce serait du gaz perdu. Elle courait toujours. « Perdu », elle n'avait que ce mot à la bouche. Tout était toujours pour elle en train de se perdre, la nourriture, les habits, l'argent, le temps. C'était le lait qui va au feu, si on ne le surveille toujours. La vie n'était que cette usure et cette défaite continue. Il faudrait pouvoir s'arrêter et boucher les trous par où sans cesse elle se perd et s'en va. Mais toujours il fallait courir aux nouvelles brèches, elle ne savait plus où donner de la tête. Elle se hâtait, s'affolait, fuyait. Elle était partie trop tard dès le commencement de la vie, avec tous les chiens de la malchance après elle.

Ce sont de tels souvenirs qui vous rendent irréconciliable. Ils ne vous laissent plus être heureux sans remords. Qu'il y ait des hommes à qui la vie fasse peur, pour qui elle soit cette course de bête traquée est l'idée la plus difficile à supporter. Traqués, nous le sommes tous, on le sait bien, et que le temps nous manquera toujours. Mais la course n'est pas la même pour tous. C'est une incroyable chance d'avoir quelquefois le temps de vivre, le temps de la conscience, fût-ce la conscience de tout son malheur, de pouvoir s'arrêter quelquefois, reprendre souffle et lever la tête pour contempler l'étonnant paysage autour de soi, y reconnaître sa place et se perdre en lui. C'est une lubie peut-être de cet homme de livres, de ce flâneur que je suis devenu. Mais il me semble qu'aucun plus grand bonheur n'est possible pour les hommes. Ce n'est pas le bonheur du bonheur, mais le bonheur de la libre respiration, de l'oubli de soi. Alors la course se ralentit jusqu'à s'arrêter. Les choses ne sont plus autour de nous l'enjeu d'un combat, mais rien qu'un spectacle que nous voulons comprendre. Nous ne rapportons plus rien à nous-mêmes. Il n'est plus ni bonheur, ni malheur, parce qu'il n'est plus ni désir ni angoisse. Nous ne sommes plus rien qu'un effort pour nous accorder à une présence éternelle, mais ce sont là bien des mots pour souhaiter à tous les hommes des loisirs et des rêves.

Ma mère ne levait jamais la tête. Je ne sais pas exactement comment elle était devenue si peureuse et avait pris tout de suite ce retard à la course impossible à rattraper. Elle m'a pourtant bien des fois raconté sa jeunesse. Ils étaient six enfants, deux garçons et quatre filles. Leur père était mort. Leur mère s'était remariée et les avait abandonnés. Alors les deux aînés, ma mère et son frère avaient dû élever les quatre autres. Le frère était coupeur dans une usine. Elle tenait la maison. Ils vivaient de galettes de blé noir, de pommes de terre et de châtaignes. Ils habitaient vers le haut de Rillé, un faubourg montant où le petit peuple depuis des siècles végète entre les couvents et le vieux château. Les sœurs de Rillé distribuaient des vêtements, des sabots, de la farine. Mais elle avait alors dans les quinze ans, elle était fière, et cela avait tout gâté. Elle avait bientôt perdu tout droit aux aumônes. Le couvent prétendait qu'on reconnût dans la ville sa clientèle et tout le bien qu'il faisait. On devrait, pour se présenter aux distributions, porter, si l'on était fille, un sarrau gris et un béguin blanc. Les sœurs, d'ailleurs, vous faisaient don du sarrau et du béguin réglementaires. Jamais elle n'avait voulu prendre l'uniforme des mendiantes de Rillé. Le béguin surtout lui faisait horreur. Donc on avait dû vivre uniquement de la paie du grand frère. C'était un garçon de vingt ans, appliqué et taciturne, qui menait un peu rudement tout son monde. Il le fallait bien. Lui-même ne parlait que pour donner des ordres et ne supportait pas qu'on parlât autour de lui. La marmaille n'était pas tentée de lui manger la soupe sur la tête. Dans la grande pièce où les six enfants vivaient tous ensemble, on entendait voler les mouches.

Ma mère se fût assez bien entendue avec son frère, mais il y avait sa satanée fierté. Ainsi, les dimanches d'été, elle ne voulait pas non plus aller au bois, et cela faisait, tout le long des semaines, des scènes entre les jeunes gens. Le « grand » empruntait une charrette à bras, et allait à la forêt avec les quatre petits. Le « grand » l'appelait fainéante. Dieu sait qu'elle ne l'était pas. Mais c'était comme pour le béguin : elle avait honte. Il finit par l'emporter. Il revenait tard de la forêt avec les petits, de façon à arriver, la nuit tombée, aux premières maisons de la ville. Alors elle allait à leur rencontre et tirait à la corde avec les petits pour monter la côte de Rillé. Il n'y avait plus personne pour la voir, et la nuit cachait sa honte.

Rien de déraisonnable mais rien de lancinant comme cette honte des pauvres. J'ai connu cela. C'est une sorte de comble et la plus grande victoire des riches qu'ils imposent à tout le monde et aux pauvres eux-mêmes leurs préjugés. Ils ne se sentiraient pas riches, ils ne le seraient pas, s'ils ne parvenaient pas à faire honte aux pauvres de leur pauvreté même et jusque de leur être. Nous pouvons bien les mépriser, mais nous finissons par penser comme eux et les imiter. Je n'éprouve plus que rarement les scrupules du respect humain. Ma morale n'est désormais que la mienne, et je traverserais sans vergogne de bout en bout ma petite ville en poussant une charrette à bras chargée de bois mort. Mais c'est que je n'y suis pas contraint. Et, sur le chemin, j'aurais plaisir à saluer cérémonieusement les notables interloqués. Mais je n'ai pas toujours été si libre et si fier. C'est une tout autre affaire d'être pauvre volontairement ou de l'être malgré soi. La pauvreté volontaire n'est le plus souvent qu'une sorte de comédie, et la morale des riches peut seule lui trouver des mérites.

– Tu comprends, me disait ma mère, j'étais grande et forte à quinze ans. Je ne pouvais pas mettre ce béguin.

J'entendais qu'elle était grande et belle.

– J'ai essayé, continuait-elle. Je l'ai mis une fois dans la maison, et le sarrau aussi. Mais ce n'était pas possible. Je ne pouvais pas sortir comme ça. J'avais l'air d'une vieille. Tout le monde m'aurait regardée.

Je comprends sa souffrance et son souci. Nous sommes sûrement nés pour la liberté et ne voulons pas que notre servitude se voie, comme ces prisonniers qui, marchant à côté d'un gendarme, dissimulent de leur mieux les menottes qui les attachent à lui et font tout ce qu'ils peuvent pour avoir l'air d'être en promenade avec un beau soldat de leur parenté.

J'ai de plus sottes hontes à me reprocher. Je me rappelle quelle honte j'avais à user les vieux pantalons de mon père. Il n'importait qu'ils aient été recoupés ; il me semblait que tout le monde en reconnaissait l'étoffe et qu'ils étaient trop larges pour moi, enfin qu'ils n'étaient pas les miens. Et cette peur, quand je fus employé d'usine et portai la blouse noire de mon métier, de rencontrer mes camarades de collège, et ma honte imbécile quand ils ne répondaient pas à mes bonjours. Et un peu plus tard, quand je fus étudiant, le regret que j'avais que ma mère ne consentît pas à porter un chapeau comme une dame, quand elle sortait avec moi ! Comme si une dame à chapeau eût été seule digne d'être la mère de cette sorte de monsieur que je devenais. Tout cela était bête et laid. Une fois je la trouvai qui pleurait.

– Tu as honte de moi, me dit-elle.

Je pleurai à mon tour mais toutes mes dénégations et toutes mes larmes ne la consolèrent pas.

Mon âcreté d'aujourd'hui peut bien n'être qu'une sorte de compensation, une manière de faire en moi la pureté, de me faire pardonner à moi-même par moi-même des faiblesses que j'eus autrefois, quand, bien plus que je n'en avais conscience, je subissais la sottise de l'opinion. Je me venge de mes bassesses. Ce n'est qu'assez tard que j'ai enfin jugé dérisoire ce conflit de vanités de tant d'hommes qui marchent sur le même trottoir de la même grand-rue, surveillant qui ils salueront, qui les saluera, à qui ils laisseront le haut du pavé, qui le leur laissera, et, qu'ils aient reçu ou donné plus ou moins de saluts, s'en vont tous, sans y penser, du même pas, à ce même petit cimetière, là-bas, au bout du faubourg, si tranquille entre ses ifs et ses cyprès. Ma mère, elle, ne se sera jamais délivrée de la peur. Bien avant qu'elle fût vieille et dût mourir, comme elle voyait qu'elle n'aurait décidément jamais de maison de vivante bien à elle, elle me fit lui promettre qu'elle aurait du moins sa maison, son abri de morte, une bonne grosse pierre de granit taillé, toute simple, mais propre et digne, sur ses os et sa cendre pour l'éternité. Elle l'a. C'est toute sa revanche.

Mais je reviens à la rue de Rillé. Les quatre petits grandirent et commencèrent de gagner leur vie. Les deux aînés se trouvèrent libres. Ils se séparèrent. Ma mère avait appris la piqûre. Elle se maria. Dès le lendemain de la noce, elle découvrit que mon père qui dansait, chantait, parlait si bien avait toujours faim. Ils travaillèrent tous deux pour nourrir cette boulimie. Il finit par en guérir, mais alors ce fut ce que ma mère appelait son « tracassin », cette manie qu'il avait de s'occuper des affaires des autres et qui le faisait mettre à la porte des usines où il travaillait. Un enfant naquit, mourut en nourrice. Puis ce fut mon tour. J'étais de trop. Jamais, pendant des années, ils n'eurent deux sous devant eux. Déjà ma mère avait pris l'habitude d'avoir peur. Qu'arriverait-il si l'un de nous était malade? L'hôpital? Et quand ils seraient vieux? L'hôpital encore? Autant dire le déshonneur. Elle voulait mourir chez elle, bien seule et cachée pour la dernière défaite. Elle n'avait pas d'argent, mais ne pensait qu'à lui. Enfin elle parvint à faire quelques économies, quelques billets de banque et un grand louis d'or de quarante francs que sa rareté et sa beauté, croyait-elle, devaient préserver à jamais d'être dépensé et de se perdre. Elle gardait son trésor dans une petite caissette de fer, crainte de l'incendie, et, quand nous étions seuls, elle me le montrait. Mais surtout je ne devais pas le dire à mon père, toujours prêt à se croire riche. Le louis d'or avait l'éclat des choses éternelles. Elle me le donnait quelques instants à tenir dans mes mains, comme un talisman ou un fétiche dont la force devait passer toute en moi.

Pendant quelques années, ma mère dut se sentir plus à l'aise. A force de gronderies, elle avait décidé mon père à s'acheter une conduite. Il fut quelque temps contremaître puis voyageur de commerce. Même ils achetèrent un petit jardin sur la route de la forêt. Ma mère triomphait. Elle aimait les roses; elle en aurait autant qu'elle en voulait. Cette splendeur ne dura pas. Elle avait l'imagination du malheur, et, de fait, ce qu'elle craignait arriva. Mon père tomba malade. Le médecin vint, un de ces hommes qui vous demandaient cent sous pour une visite d'un quart d'heure. Il dit que mon père pouvait devenir aveugle et ordonna que pendant des mois il reste dans la chambre sans lumière. Tout le trésor y passa, et même le grand louis d'or. Mon père, vaincu à son tour, se sentait de trop. Il ne mangeait plus, jetait la nourriture qu'on lui portait derrière son lit. Ma mère s'en aperçut à la mauvaise odeur. Mon père mit six ans à mourir. Les derniers mois, il fallut bien qu'il entrât à l'hôpital. Ma mère avait gardé l'espoir des roses et n'avait pas vendu le jardin. Ce fut l'occasion d'une scène dont j'ai honte encore aujourd'hui. Selon les règlements municipaux, un propriétaire ne pouvait être soigné gratuitement à l'hôpital: on fit une fausse vente à l'une de mes tantes. Je guidai la main tremblante de mon père sur le papier, et cet homme qui, de sa vie, n'avait jamais menti, pour pouvoir mourir à l'hôpital, fit un faux. L'espoir des roses fut sauvé.

Je devais avoir dans les treize ans quand commencèrent nos vrais malheurs. Mon insouciance même fut justement ce qui me les révéla. Je m'avisai d'avoir mal aux yeux, moi aussi. Ce n'était rien: quelque orgelet ou quelque coup d'air. Mais je souffrais, j'étais douillet et je me plaignis. Ma mère m'envoya chez le pharmacien pour qu'il me donne quelque pommade. Je revins léger et content avec un beau flacon à étiquette rouge, des gouttes à mettre dans les yeux matin et soir, comme recommandait l'étiquette.

– Et combien t'a-t-il coûté? demanda ma mère.

– Quatre francs cinquante.

Et je rendis la monnaie, dix sous, sans seulement prévoir l'orage. Se fût-elle méfiée, elle m'aurait donné cinq sous et non pas une pièce de cinq francs, comme elle avait fait. Je proposai de reporter le flacon chez le pharmacien. Elle ne le voulut pas. Toujours sa fierté. Mais elle criait que le pharmacien était un voleur et moi un voyou.

– Quatre francs cinquante pour un bobo aux yeux. Tu n'as pas honte. Le prix de cinq pains de six livres. Quand il n'y a pas vingt francs dans le tiroir du buffet. Quand ton père est là, dans le noir. J'vas t'apprendre, espèce de voyou.

Elle était folle de colère et de douleur. Elle avait pris un mètre à mesurer le drap qui s'était trouvé à portée de sa main, et me poursuivait autour de la table, ayant autant de peur que de désir de m'attraper. Je lui demandai pardon.

– Tu ne comprendras donc jamais, murmurait-elle.

Cette fois pourtant j'avais compris, je crois.

Cette vie sordide et essoufflée, je m'essouffle encore en la racontant. Cela supporte à peine l'écriture et ne se laisse pas réduire aisément à l'ordre d'un conte. J'écris tout cela pour m'en débarrasser, mais il me semble raconter les épisodes d'une maladie dont, si loin qu'elle soit de moi maintenant, je craindrais encore la contagion. Je ne suis pas sûr d'en être guéri. Si je ne me surveillais, j'aurais peur à mon tour et l'imagination du malheur ne me manque pas. De ces choses je n'aime pas me souvenir. Heureusement je me souviens mal. L'instinct de conservation règle notre mémoire, et j'ai, pour durer et vivre, oublié. Est-ce lâcheté, peur de la peur? « Voyou », c'est un titre dont ma mère m'a assez souvent gratifié. La colère seule, l'angoisse débordée la faisaient me traiter ainsi. « Elle ne le pensait pas », comme elle m'en assurait ensuite, tout en larmes. Mais, comme il n'y a pas de fumée sans feu, il y avait bien quelque motif à ces injures, et je cherche ce qu'elles signifiaient. Je sens que je gagnerais à le savoir. J'achèverais de « comprendre ». Ce qui faisait de moi un « voyou », c'était mon insouciance enfantine, mon insoumission naïve à notre monde, ma monstrueuse ignorance du besoin, mon dégoût de la souffrance, cette volonté de mon corps et de mon âme de ne pas entrer dans le malheur. C'était, au plus profond de moi, l'instinct de la vie, l'espérance qui ne se laissait pas briser. C'étaient mes rêves. Je grandissais hors de la loi, comme un voyou, en effet.

Selon la pensée de ma mère, il y avait un grand ordre du malheur qu'aucune force humaine ne pouvait, ne devait changer. La loi était d'être tout de suite vaincu, avant tout combat, et d'accepter de passer sa vie en compagnie de la peur. Au reste, il y avait une volupté des larmes, une pleine conscience des misères du monde qui vous enivrait. La fierté était de cacher sa peine, mais on devait la subir. L'argent était maître et le serait toujours. Les riches avaient eu plus de chance. Ils commandaient, et cela était juste. La consolation passagère des misérables pouvait être de devenir des avares sans trésor et de regarder au fond d'une caissette de fer briller un louis de quarante francs comme l'image d'un inaccessible bonheur. C'était la part de la poésie. Mais leur honneur quotidien était, dans cet ordre inévitable du malheur, de gagner pourtant leur vie et de refuser la charité. « Gagner sa vie », ces mots étaient, pour ma mère, auréolés de lumière. Dans le plus grand besoin, on demeurait responsable, et l'on ne devait rien devoir qu'à soi-même. Il n'était de bon, et on ne pouvait manger, on ne devait manger, que le pain qu'on gagnait. On pouvait toujours mourir, dès qu'on ne le gagnait plus.

J'ai hâte de sortir de ces ombres. J'y étouffe. Ce courage sans espoir passait mes forces d'enfant et passe encore mes forces d'homme. Je sens encore sur moi, sur nous, je ne sais quel poids effroyable, et, comme autrefois, je voudrais soulever la pierre et me glisser dehors et brandir une petite branche verte en signe de ralliement, de révolte et de délivrance. J'ai trop longtemps vécu dans des maisons où l'on ne croyait qu'au destin.

Il y avait dans notre rue une vieille marchande de galettes qui tirait les cartes et disait les sorts. On l'appelait la Veillard. La Pythie, j'en suis sûr, n'était pas à Delphes entourée d'une plus grande révérence que la Veillard dans notre quartier. Elle ne demandait pas d'argent. On lui donnait, pour sa peine, ce qu'on voulait. Elle ne disait l'avenir, expliquait-elle, que par charité, et elle était sûrement sincère, croyant elle-même de toute son âme à ses cartes et à son marc de café. Elle pressentait que le service des dieux doit toujours être gratuit. Elle avait averti, prétendait-elle, bien des gens des malheurs qui les menaçaient, et un homme prévenu en valait deux. Le matin, elle faisait commerce de ses galettes. Par la porte qu'elle laissait presque toujours entrouverte, à cause de la fumée, on pouvait la voir en cheveux, toute suante au-dessus du feu, toute luisante de graisse, torcher la tuile, étendre la pâte, retourner les galettes. Mais les après-midi, elle devenait une autre femme. Elle avait sa figure de prêtresse. Elle portait une coiffe de dentelle. C'était une grosse vieille petite femme douce aux yeux brillants, tout en fossettes et en sourires, et toute au service du pauvre monde. Elle était sûrement merveilleusement savante dans les choses de la vie, ayant entendu tant de plaintes et de confidences. Elle tenait sa porte fermée, mais on la voyait assise, la tête serrée dans sa coiffe blanche tuyautée, derrière sa fenêtre aux petits carreaux. Si quelqu'un entrait, vite elle laissait tomber les rideaux. Les rideaux tirés avertissaient la clientèle : chacun savait qu'elle et sa consultante étaient enfermées avec les destinées. On ne la troublait pas. On revenait un peu plus tard. D'ailleurs, elle se rendait aussi à domicile, si on le lui demandait, l'expérience lui ayant appris qu'il était de pauvres femmes timides qui jamais n'eussent osé pousser sa porte et fait le premier pas vers la connaissance d'elles-mêmes et de leur destin. Ma mère ne passait jamais devant la fenêtre de la Veillard sans être tentée. Mais elle en avait aussi un peu peur. Elle résistait, tant qu'elle pouvait, à ses sourires, mais je sais qu'elle la faisait venir chez nous quelquefois quand mon père et moi étions absents. Une fois, en rentrant de l'école, je trouvai la Veillard à la maison : elle m'attendait. Ma mère voulait qu'elle me tirât les cartes à moi aussi. Il fut convenu qu'elle ne me dirait rien à moi-même, afin de ne pas m'inquiéter. Elle dirait à ma mère seule ce qu'elle aurait vu, quand la consultation serait terminée. Je me soumis à l'épreuve. Je levai les cartes que la Veillard me commandait de lever, j'en levai d'autres à mon gré, avec de terribles hésitations, comme si je choisissais mes royaumes et mes empires. Ma mère était toute tremblante. La Veillard officiait avec gravité, sans un mot. Je voyais seulement des lueurs passer dans ses yeux à mesure que se composait dans son esprit le roman de ma vie. Quand ce fut fini, ma mère, toute son angoisse et tout son amour sur son visage, m'envoya sur le palier. Je restai là quelques minutes qui me semblèrent infinies, mais j'étais encore plus abasourdi qu'inquiet. Qu'on pût savoir ce que je deviendrais dans les jours à venir me remplissait d'étonnement. Je ne me l'étais moi-même jamais demandé, mais dès lors je ne suis plus guère sorti d'une vague angoisse. C'est tout ce que j'ai gagné à cette aventure. Ma mère enfin me rappela. Elle ne me répéta pas ce que la Veillard lui avait dit, mais elle était toute rayonnante. Tous les bonheurs m'étaient promis par les rois, les dames, les valets: la Veillard était une brave femme et la plus généreuse des magiciennes.

SOUVENIRS DU BONHEUR

Mais j'ai regret que ces récits, en dépit de moi, soient parfois d'un ton si sombre et je veux rendre grâces au bonheur.

Je pense à ce qu'était la grande nuit de Noël, chaque année. De la Noël je voudrais parler avec la même révérence et la même gentillesse que ce berger qui, dans un mystère du moyen âge, invité à aller saluer le dieu nouveau-né, déclare vouloir emporter son flûtiau pour en jouer et « consoler le petit enfant qui est Dieu et Seigneur du monde ». J'ai le sentiment que cet Enfant-Dieu, pour peu qu'il nous regarde, a toujours besoin d'être consolé.

Noël, dans mon enfance, c'était le jour où on me donnait une orange, et c'était un grand événement. Sous la forme de cette pomme d'or, parfaite et brillante, je pensais tenir dans mes mains le bonheur du monde.

Il dut y avoir un temps où je la trouvais le matin au coin du feu ou plutôt au pied du fourneau, mise dans mon soulier par quelque spécial messager du ciel. Mais de ce temps, je me souviens mal. Mes souvenirs ne remontent qu'à une époque où la veillée de Noël n'était pas pour moi moins pleine d'un profond mystère, mais c'était un mystère que déjà j'essayais de penser. J'avais dans les huit ans. Donc, cette nuit-là, il semblait que tout soudain nous fussions devenus magnifiquement riches. On attendait la messe de minuit et, pour passer le temps, on grillait des châtaignes en buvant du cidre avec les voisins. Vers les onze heures, ma mère me donnait quelques sous et m'envoyait acheter une orange et une demi-livre de chocolats mélangés.

– Et fais bien attention ! me disait-elle. Demande qu'on t'en donne à la crème blanche. Ils sont bien meilleurs.

Je partais comme pour une expédition, comme pour découvrir un nouveau monde. Le monde ne devait-il pas changer cette nuit-là? Je courais, je volais. J'entends encore le claquement de mes sabots sur les dalles de granit qui bordaient le trottoir. Ah ! dans l'air glacé, quelle étrange ardeur ! C'est peut-être que je n'avais pas souvent l'occasion de sortir à cette heure-là, mais il est bien vrai aussi que tout annonçait un miracle. La nuit était lourde d'un Dieu. La rue, si noire d'ordinaire, était illuminée. Le brouillard autour des réverbères formait comme de grands cercles d'or et des auréoles toutes prêtes pour des hommes d'une nouvelle vertu. Les vitrines des épiciers, des marchands de jouets, des cafés, étaient, parmi les masses d'ombre des maisons, comme autant d'abîmes de lumière. Je passais en frémissant de l'ombre à la clarté.

Je sautais de vitrine en vitrine. Car on pense bien que je ne dilapidais pas sans réflexion cette fortune que je serrais dans ma main fermée. Je réfléchissais, j'examinais, je calculais. Mon trésor ne devait payer que la plus belle orange. Je bondissais chez Fichepoil, courais chez Ealet, revenais encore chez Fichepoil. Qui dira ce que peut être dans un enfant l'intensité du désir et sa certitude de toucher bientôt au bonheur ? C'est ce désir et cette certitude qui ne doivent pas être trompés, et un Dieu naissait cette nuit-là précisément pour les combler.

Je revenais un peu avant minuit portant dans une main une admirable orange enveloppée d'un papier de soie, dans l'autre un sac de chocolats à faveur rose. Alors c'était toujours la même cérémonie : je faisais le tour de la société et distribuais à chacun un chocolat qu'il grignotait du bout des dents, et c'étaient des cris quand quelqu'un avait découvert à l'intérieur la fameuse crème blanche. Ma mère en pâlissait d'envie.

Après cette orgie, les femmes et les enfants s'en allaient à la messe pour assister à la naissance d'un Dieu. Ah ! je savais très bien à quel moment cela se passait et où. Cela se passait derrière moi, du côté des orgues, dans la tribune vers laquelle je n'osais tourner les yeux. Et, en effet, je sentais soudain mes cheveux se dresser sur ma tête, tout comme aux premières mesures de la *Marseillaise*, et j'entendais tomber sur moi la voix grave et tremblante d'un chantre à barbe noire que je connaissais pour l'avoir quelquefois aperçu dans la rue et qui, en cet instant, s'écriait : « Minuit, chrétiens, c'est l'heure solennelle où l'homme-Dieu... » Il n'y avait pas à en douter : la gésine du monde venait de finir et nous allions enfin commencer de respirer. Quand, par la suite, je rencontrais le chantre à barbe noire, j'étais envahi par la peur et le respect, à l'idée qu'il était ainsi chaque année le héraut d'un Dieu et de notre joie.

Et puis, après une visite à la crèche, dans une chapelle retirée où je contemplais, au-delà d'une rampe de chandelles, le divin enfançon entre Joseph et Marie, le bœuf et l'âne, au-dessous d'une étoile en papier doré qui, sur des sentiers de mousse, guidait les bergers et les mages, nous rentrions à la maison. Le feu était éteint déjà, la fête finie. Il fallait vite aller dormir. Je regardais ma belle orange. Et voici ce qui, rituellement, arrivait : ma mère la tirait de son papier de soie ; tous deux nous en admirions la grosseur, la rondeur, l'éclat ; je prenais dans le buffet un de ces beaux verres à pied en cristal qu'on achetait alors dans les foires, et comme il y en avait deux ou trois, en ce temps-là, en Bretagne, dans presque toutes les maisons ouvrières, mais dont, bien entendu, on ne se servait jamais pour boire, je le renversais, le mettais à droite, au bout de la cheminée, et ma mère posait dessus la belle orange. La pomme d'or prenait ainsi sa place parmi tous nos fétiches, tout près du petit christ d'argent cloué sur sa croix de buis et de la petite vierge en faïence, entre le moulin à café et la boîte à sel. Pendant des mois, elle nous assurait par ses belles couleurs que le bonheur et la beauté étaient de ce monde. Quelquefois je la palpais, je la tâtais. Il m'arrivait d'insinuer qu'elle serait bientôt trop mûre.

– Attendons encore ! répondait ma mère. Quand nous l'aurons mangée, qu'est-ce qui nous restera ?

Nous attendions. En avril ou mai, il fallait la jeter, parce qu'elle était gâtée. Je n'ai pas souvenir d'avoir jamais mangé l'orange de Noël.

Depuis ce temps-là, le mystère de la nuit de Noël n'a fait pour moi que se compliquer et s'obscurcir. J'ai lu toutes sortes de livres sur cet Enfant-Dieu dont jadis je surveillais naïvement la naissance. Je garde sur lui, désormais, l'idée qu'en avait sainte Anne, sa grand-mère qui, dans un poème du moyen âge, en parle, comme toutes les grand-mères parlent de leurs petits-enfants :

C'est le plus beau modèle d'homme
Qui jamais de mère naquit.

J'ai appris aussi que c'est cette nuit-là que le vieux soleil se renouvelle, *Sol novus, sol invictus*, et qu'il recommence de fournir chaque jour de plus longues courses pour que la terre recommence de fleurir. J'ai vénéré en Jésus l'un des maîtres de la joie. Mais toujours, dans ma pensée, la nuit de Noël devra sa grandeur à ces souvenirs que j'ai rapportés, et il m'arrive encore de songer au bonheur comme à une belle orange de Noël qu'il faudrait partager entre tous les hommes pour que réellement ils la mangent.

Une belle journée de lumière, je découvris la mer. Je devais avoir dans les neuf ans. Un dimanche d'août, il y eut un train de plaisir pour Saint-Malo, et ma mère avait décidé que nous en serions. La place coûtait trois francs. Cela faisait neuf francs pour nous trois, sans compter la journée totalement perdue et les petits frais inévitables d'un voyage. On emporta, il est vrai, le dîner et tout ce qu'il fallait afin de ne pas aller au restaurant. Tout de même, c'était « une vraie folie », mais elle l'avait décidé, et, de grand matin, on descendit à la gare du pas allègre de gens qui ont vaincu tous les fantômes et sont prêts à défier le destin. Mon père seul avait son pas ordinaire. Des événements de cette sorte ne le touchaient pas.

Je passai presque toute la journée dans une sorte d'éblouissement. Il y avait trois heures de voyage. Je ne quittai pas la portière. J'attendais, je guettais la mer. Mais elle ne se montrait pas. Nous venions du fond de la terre. Le train ahanait dans un horizon fermé, à travers de petits champs que bordaient des haies de chênes et de châtaigniers. Mais cela se renouvelait toujours et je connus comme la terre était grande. Vers Pontorson, les haies disparurent et les arbres, l'horizon s'élargit. La mer était toujours invisible. Mais dans le wagon tout le monde parlait d'elle. Une femme dit qu'elle sentait ses lèvres salées, et chacun se passa la langue sur les lèvres, avide de goûter l'inconnu. Je ne sentais rien, et j'étais désespéré. Quand on eut traversé Dol, quelqu'un cria qu'il l'avait vue. On discuta si c'était elle. Je ne la voyais pas. Mais le ciel était tout changé, plus vaste, plus mobile. Le vent qui renversait mes mains tendues à la portière roulait de blancs nuages éclatants. On arriva enfin, et dès la cour poussiéreuse de la gare, entre les façades peintes d'hôtels, j'aperçus la forêt des vergues, les mâtures des navires qui remplissaient les bassins du port. Elle était là, et j'étais sûr désormais qu'elle existait vraiment, au rebours de tant de merveilles dont on vous parle toujours et que vous ne rencontrez jamais. Nous longeâmes des quais, traversâmes des terrains vagues. L'air était pétillant et salé. Et tout d'un coup, au détour d'un haut mur de caserne, elle fut là devant nous, l'image même d'une vie qui ne serait jamais vaincue. C'était vers les huit heures du matin. Il semblait qu'elle dormît encore, rêveuse et solitaire, bleue et un peu brumeuse. La marée était haute, et de petites vagues, sans violence, les unes après les autres, s'écroulaient sur l'immense plage de sable. « Ecoute ! Ecoute ! » me dit ma mère, et nous nous arrêtâmes. Ma mère souriait, comme réconciliée avec le monde. Cela faisait un long et doux bruit toujours recommencé, un souffle continu, invincible. Nous suivîmes la longue digue qui va de Saint-Malo à Paramé. Un petit train survint qui longeait la chaussée. Il ne cessait de sonner une cloche pour faire ranger les passants. Mais il n'y avait personne que nous sur le chemin, et mon père se moqua de tant d'honneurs qu'on nous faisait. Personne que nous et la mer. Derrière les haies de camélias ou de tamaris, les villas s'éveillaient seulement et l'on entendait des cris d'enfants heureux. Parfois un garçon boulanger, une servante en tablier blanc nous frôlaient en courant, laissant derrière eux un parfum de croissants chauds.

J'imagine très bien quelle allure nous avions, de si bon matin devant la mer infinie. Il me reste, dans un album de peluche rouge, une photographie de ce temps-là qui dut être, somme toute, un temps heureux en dépit de tout, puisqu'on put faire les frais de cette image. Ma mère et mon père se donnent le bras et je tiens la main de mon père. Nous sommes tous trois dans nos habits du dimanche. Ma mère porte son chapeau à aigrette. J'ai mes culottes longues et un petit canotier. Nous avons l'air riches. Nous marchons vers l'objectif du photographe avec componction et dignité... Ainsi avancions-nous sur la digue, à petits pas, au pas de promenade, émus par l'étendue et le silence et l'air d'un monde où tout semblait destiné au plaisir. Les grands hôtels étincelaient de toutes leurs glaces. Le casino de Paramé était un vrai palais. Dans les jardins brillants de sauges et de géraniums, les allées fraîchement ratissées étaient si nettes et si propres qu'on n'aurait osé y poser le pied. Elles n'étaient pas faites pour des pas d'homme. Ma mère fut soudain reprise de tous ses rêves : risquer cent sous aux petits chevaux, et gagner par un premier miracle ; employer une partie du profit à aller à Lourdes où les miracles encore, comme on sait, sont habituels, y voir la maladie devenir santé, les paralytiques lâcher subitement leurs béquilles, toute la misère du monde s'abolir; enfin, s'il restait quelque argent, aller au paradis sur terre, à Nice, et connaître le printemps éternel.

Nous nous assîmes dans le sable au pied de la digue. La mer indifférente menait son train: elle en était à « descendre ». D'abord je n'osai guère jouer avec elle. Vers les onze heures, après la messe, la plage s'emplit d'enfants. En ce temps-là, l'humanité bourgeoise de l'Europe occidentale n'avait pas encore fait dans le déshabillage et vers le nu tous les progrès qu'elle a faits depuis. Elle était encore pleine de pudeur et avait encore, les femmes surtout, pour se dévoiler tout un art de se voiler. Les jeunes garçons portaient de longs maillots collants, les filles de singulières robes spéciales pour le bain. Une sorte de honte sans doute chassa les trois endimanchés que nous étions. Nous allâmes de l'autre côté de ce long rocher qui limite à l'est la plage de Paramé. Sans le vouloir, et comme d'instinct, nous avions découvert, sur cette plage de luxe, le coin des pauvres. Quelques-uns de nos compagnons du train de plaisir, après les mêmes vaines tentatives de se mêler à la fortune, rejetés par elle, comme des corps étrangers, avaient eux aussi échoué là. On y passa tout le jour. Chacun, à l'aise, déballa son dîner et fit la fête. Ma mère était toute à ses songes. Mon père qui n'avait personne à qui parler s'ennuyait devant la mer taciturne. J'ai parlé de mon éblouissement: c'est absence, possession que j'aurais dû dire. Je m'étais enhardi, déchaussé, j'avais quitté mon canotier, relevé jusqu'aux cuisses mon pantalon.

J'errais autour des flaques qu'elle laisse dans les rochers, émerveillé par l'inconnu qui m'était soudain révélé, par les algues, les méduses, les étoiles de mer, les coquillages. Tout était neuf et tout m'était donné. Je me trouvais pour la première fois dans cette marge de la terre où les terriens (car les gens de mer qui y livrent leur combat en ont sûrement une autre impression) peuvent commencer de se sentir d'accord avec la création, parce que là semble commencer la liberté. Rien n'y appartient à personne. Vous-même n'êtes plus à vous-même et cependant vivez de toutes vos forces. Est-ce la liberté? Tout est à vous jusqu'au fond du ciel, et rien ne vous refuse. L'air marin vous énerve et vous délivre avant qu'il vous assomme et vous remplisse de sommeil. Nous revînmes dans la nuit. Je ne me souviens pas du retour.

Mon père était devenu voyageur de commerce. Nous nous trouvâmes dans une relative sécurité. Ce coup de chance dut nous tourner la tête. Nous décidâmes de devenir riches. Ma mère avait pris un commerce, tenait un petit café. C'était, au coin d'une place, « au bon coin », comme disait l'enseigne, entre une église et une usine, en surplomb au-dessus du trottoir, une assez vaste pièce où l'on accédait par quelques marches de granit. De chaque côté de la porte, de hautes vitrines étaient garnies de plantes vertes. Une si belle entrée promettait un paradis. Les ouvriers d'une usine proche, les jours de paie, venaient y boire une « topette ». Les dimanches matin, à la sortie de la messe, les gens s'y réchauffaient d'une tasse de café.

Je revois les tables de pitchpin jaune et ciré, les tabourets bien rangés sous les tables, la pompe à cidre avec ses robinets nickelés, et suspendus au mur, entre deux chromos qui représentaient la *Cigale et la Fourmi* et les *Ages de la Vie*, les pots d'étain, par rang de taille, de la chopine au litre, juste au-dessous de l'affiche réglementaire et méprisée relative aux débits de boisson.

Revenu du collège, je m'installais à l'une des tables, toujours la même, pour faire mes devoirs, levant le nez chaque fois qu'un client apparaissait. Que je regrette de si mal me souvenir. Cherchons pourtant.

J'ai vu la beauté même et les grâces dormantes...

Elle s'appelait Adrienne. Je ne parviens plus à me représenter son visage. Mais je sais qu'elle était belle comme le jour. J'entrevois seulement dans une chambre un grand lit blanc sur lequel saute en jappant une minuscule levrette, et, sur l'oreiller, un visage, des lèvres rouges, un sourire, de grands yeux profonds dont je ne pouvais soutenir le regard, une magnifique chevelure noire dénouée. Oui, j'ai la certitude d'avoir, au début de ma vie, contemplé la beauté même. J'ai appris depuis que la belle Adrienne était venue de Bordeaux dans notre pays de brumes et de nuées. C'était une sorte de Carmen à la suite d'un sous-officier. Elle avait loué dans la maison une chambre meublée qui donnait sur la cour, derrière le café. Elle se levait tard, et, les jeudis, je lui portais son déjeuner. Le cœur battant, je frappais à la porte. Une voix douce me répondait : « Entrez ! » J'entrais sur la pointe des pieds. Adrienne endormie entrouvrait ses yeux qui me faisaient trembler.

– Pose tout cela sur le guéridon, petit, me disait-elle. Merci !

Et je m'en retournais ébloui. Pas une fois je n'ai flanqué le déjeuner par terre. Quelle sûreté on a au service des dieux !

Elle restait des semaines entières sans sortir, recluse d'un amour ou jaloux ou honteux. Toutes les après-midi, elle se faisait belle comme une princesse, disait ma mère. Rien que pour elle peut-être, ou pour son officier, quand il viendrait vers les cinq heures. Mais nous en profitions un peu. J'ai souvenir de ses robes de soie. L'air tout autour d'elle frémissait. Une fois elle voulut se promener et je dus lui servir de chaperon. Nous allâmes au Mont-Saint-Michel. Le voyage dura tout un jour. Elle me tenait la main pour grimper par les escaliers et les ruelles. J'entends son rire, au-dessus de moi, du côté du ciel. Je ne touchais pas la terre. Et puis, à quelque temps de là, j'allai à l'hôpital porter sa robe la plus belle, pour « l'habiller ». Elle était morte. Et je suivis seul, avec ma grand-mère, le corbillard qui emportait tout ce que j'avais vu de plus beau au monde.

Il y avait aussi les réunions des « compagnons ». Un dimanche, chaque année, la réunion se faisait plus solennelle. C'était le jour où l'on recevait les « nouveaux ». Maman leur prêtait une grande chambre où nous n'entrions presque jamais, réservée aux noces et aux banquets.

Dès le samedi, la salle leur était livrée. Ils tiraient les volets des fenêtres, fermaient la porte à clé et, tard dans la nuit, je les entendais qui clouaient, emboîtaient des planches les unes dans les autres, suspendaient des tentures. Que pouvaient-ils bien construire ? J'appris plus tard que ce n'était rien de moins que le temple de Salomon.

Le dimanche matin, tout était prêt pour la cérémonie. Ils arrivaient vers les neuf heures. Ils portaient de hautes cannes enrubannées, comme un symbole de leurs anciens voyages, et, avant d'entrer dans la salle des mystères, ceignaient une large écharpe de soie rouge à bordure blanche sur laquelle était brodée, au milieu d'une figure faite d'un triangle et d'un compas croisés, une inscription en lettres étranges, on ne savait quelle formule sacrée venue du fond des cieux et du temps. La cérémonie, derrière la porte close, durait des heures. Les profanes, dans le petit café, en plaisantaient, car il courait toutes sortes de bruits sur des épreuves ridicules auxquelles les initiés étaient soumis. Mais le rire n'empêchait pas le respect. Et la réception achevée, on se précipitait pour admirer les chefs-d'œuvre des néophytes : un ouvrage difficile d'ajustage en bois ou en fer, un montage d'horlogerie, ou bien, comme il arrivait souvent, dans ce pays de cordonniers, une petite botte, vernie, sans couture apparente, admirable.

Nous avions deux clients plus réguliers que tous les autres. Longtemps je les ai vus assis au coin du feu. C'étaient deux pensionnaires à qui ma mère, le soir, trempait la soupe.

L'un était un vieux mendiant, une véritable ruine humaine, un ancien maçon qui, en tombant d'un échafaudage, s'était fracassé tous les membres. Chaque dimanche, dès que les messes étaient finies, les jambes et les bras tordus, il se traînait sur les genoux et sur les mains des marches de l'église jusque chez nous. Je n'ai jamais vu pareil rassemblement de tous les maux que, sans mourir, peut supporter un être humain. Horriblement défiguré, le larynx brisé, il bredouillait, crachait dans sa barbe des syllabes incompréhensibles. Ses yeux désorbités luisaient comme des charbons et il semblait en proie à une perpétuelle colère. Ma mère, qui seule le comprenait, m'expliquait qu'il en avait toujours à l'aveugle qui, sous le porche de l'église, lui faisait concurrence. Quand la recette avait été bonne, il demeurait écroulé par terre, à gauche du fourneau, pendant des heures, muré dans sa fureur, buvant d'un grand bol de café et d'eau-de-vie mélangés qu'il avait peine à tenir et qui tremblait dans ses mains retournées.

Notre autre client, presque toujours assis à droite de la cheminée, était un homme dans les trente ans, un grand gars hardi aux yeux clairs qui, en pratiquant tous les métiers, avait couru toute la France. Un air d'artiste plutôt que d'ouvrier. J'admirais sa lavallière noire. Il se nommait Buré, je crois. Son vrai métier était d'aller prêchant un évangile. Il ne resta à Fougères que le temps de faire ses semailles.

J'ai passé plusieurs mois de ma vie entre ce vieil homme foudroyé et ce jeune prophète à lavallière noire. Je ne pouvais bien comprendre ce que Buré annonçait, mais j'entends encore les éclats de sa voix dans l'air enfumé. Nous nous tenions autour de la longue table jaune et d'abord tout le monde bavardait, mais, après peu de temps, il n'y avait plus que lui qui parlait. C'était l'instant de la prophétie. Le mendiant continuait de bredouiller et de gronder, écroulé près du fourneau. Mais les clients de passage, ma mère, tous étaient silencieux comme dans une église. Un mot revenait toujours dans les propos de Buré: « Révolution »... Que pouvait-il bien signifier? Je l'admirais de tout mon cœur. Il était clair qu'il avait renoncé à avoir aucun intérêt propre en ce monde. Je me souviens d'une parole qu'il dit un jour à la belle Adrienne. C'était un jour de Fête-Dieu ensoleillé, vers les midi. Je venais d'aider ma mère à tendre devant la maison des draps blancs sur lesquels étaient épinglées des roses. Tout était prêt pour la procession de l'après-midi. La rue, claire et fleurie, parée de guirlandes, méritait d'être le promenoir d'un Dieu. Buré était là et plaisantait ma mère sur son dévouement aux fêtes des curés. Le mendiant grognait et mangeait dans son coin. Nous allions nous mettre à table, quand on sentit que quelqu'un s'embarrassait dans le drap tendu devant la porte. C'était l'aveugle qui entrait avec cet étrange chapeau melon qu'il portait toujours et cette longue perche qu'il tendait devant lui pour tâter le chemin. Ce qui se passa alors fut horrible et désespérant, car on supporte le spectacle habituel de la misère, mais on ne supporte pas qu'elle se montre ignominieuse. Arc-bouté sur ses moignons, notre mendiant tremblait et hurlait de fureur, au milieu de sa soupe répandue, tandis que l'aveugle, resté debout dans la porte, demandait qu'on lui permît d'entrer et d'attendre à la maison l'heure des vêpres. Buré intervint. Rien n'y fit. Il fallut que l'aveugle s'en allât. Nous étions pleins de dégoût. C'est alors que la belle Adrienne entra, sans doute attirée par le bruit. Et ce fut comme quand le soleil rend sa jeunesse à la terre après un orage. Elle demanda de sa voix chantante ce qui se passait, et les criailleries cessèrent, et toute l'horreur d'un monde misérable et obscur se trouva soudain abolie. Nous la regardions tous. Jamais, elle ne nous avait paru plus belle. Buré la contemplait, et je l'entendis qui murmurait comme un hommage et un remerciement à sa beauté: « Tu nous venges ! »

C'est vers ce temps-là aussi que j'eus une première idée de la fantasmagorie du monde où nous allions vivre. J'avais un camarade avec qui je jouais quelquefois les jeudis autour de la table en pitchpin, le petit Rivet. Il me confia un jour que son père était un grand inventeur et qu'on le reconnaîtrait bientôt. C'était le temps où, ici et là, dans le monde, à New York, à Paris, les hommes tentaient de se débarrasser de leur poids et de monter au ciel. C'était leur dernière prétention. Mais qui eût attendu qu'elle se manifestât à Fougères, dans ce canton retiré où la boue englue les sabots presque tous les jours de l'année et vous retient solidement à la terre? Mais le père de mon camarade avait fait les rêves d'Icare. Telles sont les merveilles de la vie. C'était un ouvrier mécanicien, réparateur de machines à coudre chez Singer, un petit homme fluet aux yeux brillants, aux moustaches et à la barbiche noires, qui ne parlait jamais à personne. Il vivait de son secret, s'était juré qu'il serait le premier homme volant. Sa journée finie, il rentrait vite chez lui et s'enfermait dans son grenier. Une ou deux fois, grâce à mon camarade, j'avais pénétré dans ce laboratoire du miracle. Au vrai, rien ne m'y avait surpris: je n'y vis que des outils, un établi, un étau, un tour, une perceuse, et des pièces diverses dont je ne pouvais deviner l'usage. Les ignorants et les sots dont j'étais ne voient que ce qu'ils voient. M. Rivet avait un autre pouvoir: il *voyait* déjà toutes ses pièces assemblées, et sa machine voler dans le ciel, au-dessus de la prairie et des hauts peupliers du gué Paillou.

Personne n'assista aux préparatifs. Nous ne vîmes la machine que toute montée. C'était, sous un large empennage de toile, suspendu à des tubes de bicyclette et porté par trois roues, une sorte de panier, derrière un moteur, ses commandes et son hélice. Rien que d'admirablement simple dans la conception. Je m'étonnais, pour moi, que cela ne ressemblât pas davantage à un oiseau. Mais l'empennage était mobile, comme M. Rivet nous en fit la démonstration. Le pilote devait partir contre le vent, l'aile dressée à quarante-cinq degrés, qu'il ramenait à l'horizontale dès qu'il avait pris de la hauteur.

Ce fut un beau soir de juin. On poussa la machine par les rues de la ville. Des voisins y pourvurent. Mon camarade et moi avions aussi la main sur la merveille. Je ne puis dire ce que fut cette marche triomphale et comme nous étions émus. Les gens curieux et méfiants se mettaient aux fenêtres ou s'arrêtaient au bord des trottoirs, pour regarder passer ce panier suspendu, mais nous n'avions, nous, pas un doute.

Nous arrivâmes au haut de la prairie. L'air sentait le foin coupé. La place était nette pour l'envol. M. Rivet mit le moteur en marche, essaya toutes les vitesses. Tout allait bien. Il prit place dans son panier, dressa comme il faut l'empennage et embraya pour le départ. L'hélice se mit à tourner. Elle tourna de plus en plus vite, si bien qu'on n'en vit plus les pales, mais à leur place un grand cercle frémissant. La machine ne bougea pas. M. Rivet, dans son panier, le corps tout tendu en avant, les mains sur ses commandes, était l'image même de l'héroïsme. Nous-mêmes, sur la pointe des pieds, étions prêts à nous envoler. Il donna tous les gaz, pour un dernier effort. Rien ne bougea encore. Toute la machine tremblait, quand quelqu'un remarqua que la trépidation l'avait lentement embourbée dans le sol gras de la prairie. Alors M. Rivet revint à l'espoir et sourit, confiant dans son œuvre. Le moteur arrêté, on désembourba la machine. On alla chercher des planches et on fit une piste de départ. On remit le moteur en marche.

M. Rivet courageusement reprit sa place dans son panier, embraya, et tous, nous plaçant derrière la grande aile, nous poussâmes la machine sur la pente de la prairie. Elle nous échappa littéralement des mains. Nous la vîmes dévaler la pente. Elle sauta, au bas du pré, un petit ruisseau, et tout d'un coup s'arrêta, quelques mètres plus loin, dans les joncs et les roseaux. Nous étions déjà autour de M. Rivet. Il rayonnait dans son panier, et nous délirions de joie. Pour sûr, il avait volé, il avait volé, et n'étaient ces maudits joncs...

La première révélation que j'eus qu'il y a vraiment un autre monde, je pense bien l'avoir due à la musique, je veux dire aux chansons, car c'est tout ce qu'en ce temps-là on savait d'elle chez les ouvriers. Mais on saisissait toute occasion de chanter. Il n'y avait pas de fêtes familiales, noces, baptêmes, sans chansons, et chacun s'y préparait des semaines à l'avance en en apprenant une nouvelle. On ne pouvait faire surprise plus agréable à tous les invités. Une noce est dans mon souvenir une carrossée de gens qui chantent à deux voix interminablement : « Meunier, tu dors, ton moulin va trop vite » ou bien « Frère Jacques, Frère Jacques, sonnez les matines », empilés à quarante ou cinquante dans un long break tiré à quatre chevaux, qui dévale, à toutes brides, au mois de mai, à travers la forêt, entre les hêtres aux feuilles claires ou les beaux châtaigniers sombres si étrangement fleuris de leurs vergettes d'or.

J'ai grand regret de n'avoir pas conservé l'un de ces gros cahiers où mes tantes copiaient toutes les chansons qu'elles savaient, avec des encres de couleurs différentes pour les couplets et les refrains et de belles accolades pour les « bis ». C'était leur seul vrai livre, et même bien plus intime et plus personnel que leur livre de messe, s'il est vrai qu'elles ne pouvaient lire dans leur paroissien que les prières de tout le monde, tandis qu'elles avaient recopié dans leur cahier les chansons qu'elles avaient choisies et qu'elles aimaient. Elles ne le prêtaient pas aisément. Elles en étaient jalouses. C'est qu'il était à la couleur de leur âme et eût révélé leurs secrets. Il n'y avait pas beaucoup de qualités plus estimées que d'avoir une belle voix et de bien chanter. Cela dispensait les filles d'être belles et les garçons d'être solides. Quel désastre pour des parents, quand vers les quinze ans, après la mue, ils devaient s'avouer que leur enfant n'avait pas même la voix juste, mais une de ces voix détonnantes tout au plus bonnes, disait-on, à crier « au feu », et qui ne permettront jamais à qui en est affligé de chanter comme il faut les plus beaux mots qui soient, le mot cœur ou le mot amour. Ma mère n'avait qu'un filet de voix, une voix toute fine et toute mince, et il fallait faire grand silence pour qu'on l'entendît jusqu'au bout de la table, quand après mille prières on la décidait enfin à chanter l'unique chanson qu'elle sût tout entière : « Combien j'ai douce souvenance... » Mais elle protestait avoir la voix juste, très juste même, et c'était vrai, et personne n'a plus gentiment chanté, selon moi, la chanson de Chateaubriand. Mais mon père et ses deux sœurs avaient des voix admirables de fermeté et d'éloquence. Mon père était baryton, ma tante Marie soprano, ma tante Madeleine contralto. Chaque fois qu'ils se retrouvaient ensemble – on invitait souvent mes tantes le samedi soir, à prendre le café – ils chantaient comme dans leur jeunesse. Quel trio ! Ils se partageaient la « haute » et la « basse ». Mon père chantait : « Je suis partageux et j'en suis heureux... » ou bien « J'ai deux grands bœufs dans mon étable... » Le triomphe de mes tantes était : « Qui donne aux pauvres prête à Dieu... » Une sœur de ma mère, tante Amélie, avait aussi une très belle voix, et venait quelquefois à l'aide. Alors c'était magnifique. On partait pour une grande aventure, non sans préparations. Chacun essayait, posait sa voix, prenait l'accord, et, tout d'un coup, après un silence, et sur un signe de ma tante Madeleine, ils partaient, chantaient, chacun faisant sa partie, un grand air d'orphéon : « O, Brésil... » On n'abordait à cet Eldorado qu'après un long couplet ample et profond comme la houle atlantique, et, soudain, dans un autre rythme, léger comme des sonnailles, éclatait le refrain :

Trottez gaiement, mules agiles
Par les sentiers et les ravins !
En nous portant, soyez dociles
Et vous aurez ! vous aurez, vous aurez...

Ma mauvaise mémoire vient de m'arrêter ici assez longtemps. Je ne parvenais pas à retrouver ce qu'on promettait aux mules. La rime et la raison, toutes deux irrévérencieuses, ne me fournissaient que « un picotin », mais ce ne pouvait être une chose, un mot si vil. A force de chanter dans ma tête, j'ai fini par trouver. C'était :

Et vous aurez, vous aurez, vous aurez !
De doux festins !

La noble métaphore ! Au reste, sur ce « vous aurez », le jeu se compliquait, les voix s'entremêlaient, chacun, le baryton, le soprano, le contralto, ne devait promettre qu'à son tour, mais les chanteurs pressés et généreux se devançaient souvent. Alors on arrêtait tout et l'on recommençait, jusqu'à ce que ce fût parfait. Quand c'était fini, les chanteurs s'applaudissaient eux-mêmes, et, si la fenêtre de la cuisine était ouverte, les soirs d'été, il arrivait qu'on entendît les voisins aussi, qui avaient écouté dans la nuit, battre des mains et crier « bis ! » Le quatuor n'en était pas peu fier. Après onze heures, on ne chantait plus, parce qu'il fallait laisser les gens dormir, et chacun rentrait chez soi. Ma mère m'envoyait me coucher. Elle éteignait la lampe, mais j'avais peine à m'endormir. L'air de la cuisine, où je couchais alors, était tout changé, je n'aurais su dire pourquoi, plus vibrant et plus chaud, plein de promesses et de générosité. Les chansons quarante-huitardes de mon père avaient fait la justice sur la terre. Il y avait eu du bonheur dans la maison. Par la fenêtre sans rideaux entrait la grande nuit claire. La table couverte de sa toile cirée, encombrée encore des tasses et des bouteilles, luisait de toutes sortes de reflets. Je comprends à présent que, ces soirs-là, je suis entré, par la porte des pauvres, dans le monde de la beauté. Ce n'est pas un monde que l'on apprend. On le découvre, on le crée, à partir de soi-même. On y entre sans maîtres, et je suis sûr que ces soirées où nous nous enchantions ensemble de chansons banales m'en ont beaucoup plus rapproché que tant de magistrales et savantes leçons que plus tard j'ai entendues. Dans le chant le plus naïf, pour peu qu'il soit chanté d'une voix pure et naturelle, il peut se rencontrer telle note si exacte, si bien placée, si éloquente qu'elle semble contenir toute la vérité de l'homme et toute l'harmonie de l'univers. C'est un cri juste devant la création, et qui l'a une fois entendu, reconnu, est désormais hanté et n'a plus de cesse qu'il ne l'entende encore, comme au-dessus du monde, au-dessus des choses, comme leur résumé et leur explication. Cette gravité de ma tante Madeleine, quand elle commençait d'une voix tout unie et presque basse: « Voici l'hiver et son triste cortège », par quel mystère, passant en nous, devenait-elle une joie qui nous gonflait le cœur? La chanson, lentement, décrivait des misères pires que celles que nous avions connues, nous obligeait tout le temps qu'elle se développait à les ressentir. La longue phrase douloureuse évoquait tout ce que, dans l'ordinaire de la vie, nous craignions et haïssions. Mais son rythme même nous contraignait, nous soumettait, nous transformait, nous donnait comme d'autres mesures, d'autres ressources, une autre force. Nous devenions miraculeusement riches d'une richesse, d'un amour sans pareil, et quand ma tante Madeleine, avec l'autorité d'un prophète, énonçait la sentence finale : « Qui donne aux pauvres prête à Dieu », pas un de nous ne doutait que ce ne fût un ordre à lui adressé personnellement et auquel il avait tous moyens d'obéir. Nous étions dans un autre monde.

Telles furent mes premières références à cet ordre où toutes choses semblent, en restant cependant ce qu'elles sont, s'accomplir, et quand plus tard j'en vins à travailler sur le langage, sur les mots, ce qui m'émut d'abord, ce qui me voua à leur service, je pense bien que ce furent les inflexions mystérieuses que réalise quelquefois leur assemblage, et qui gonflent le cœur ou le brisent, comme les chansons de ma jeunesse. Il semble qu'on entende en eux l'écho de la vérité lointaine : Apollon chante dans l'Olympe, les artistes, les écrivains, les pauvres Marsyas de la terre s'évertuent à le suivre, mais il peut y avoir dans leur voix une beauté qui résulte de cet effort même, un frémissement d'inquiétude dont ne fut jamais capable Apollon, ce dieu qui sait tout, hors la défaite et la mort.

A LA DÉCOUVERTE

Sait-on jamais d'où souffle sur vous le désir, et ce qui fit de vous cet animal avide prêt pour la damnation ?

Pendant des années je fus ridiculement sage, j'avais tout à fait oublié nos maisons de branches de Peïné. Etait-ce la contagion de la tristesse et de la peur ? Je ne jouais guère et n'aimais pas jouer. Quand ma mère devait aller à la fabrique, elle m'asseyait sur un tabouret devant la table de la cuisine, me donnait un crayon et du papier, et moi-même lui demandais de m'enfermer à clé. J'étais sûr ainsi de demeurer tout à fait seul. Si quelqu'un venait, je ne répondrais pas et prendrais bien garde à ne faire aucun bruit. « Ne bouge pas jusqu'à ce que je revienne », me disait-elle. Une heure, deux heures passaient. Je ne bougeais pas. Je griffonnais, je barbouillais, je rêvassais. J'attendais. Mais qu'attendais-je ? Que la vie entre en moi doucement, imperceptiblement, comme la mer dans une baie solitaire ? Je ne m'ennuyais pas. Au contraire, la joie gonflait mon cœur à mesure que le temps passait. Quand ma mère revenait, elle me trouvait sur le tabouret, et je lui disais tout heureux : « Tu vois, je n'ai pas bougé. »

Petit imbécile ! Elle m'embrassait en m'appelant « Sauvage ! »

Mais la vie trouve encore son chemin dans les ombres, et le monde pour moi aussi s'éveilla. Je suis né évidemment assez bête, mais appliqué et volontaire. Il est des petits d'homme à qui tout de suite le monde appartient. C'est que les fées les aiment et qu'ils aiment les fées, comme Renan, quand il était enfant. La grâce des fées, une gentillesse qu'il y a en eux les accorde immédiatement avec les choses. Elles se donnent à eux parce qu'ils se donnent à elles. Ils sont bien nés enfin, et il semble qu'ils sachent tout sans avoir jamais rien appris. Ils ne cherchent pas comment vivre: ils vivent, ils savent vivre du premier coup. Pour moi, j'étais, tout compte fait, assez mal né: je n'ai jamais rien deviné du monde et j'ai dû apprendre tout ce que je sais. Mais si ces pages tombent sous les yeux de mal nés de ma sorte, je leur crie courage et confiance. C'est merveille, ce qu'on peut conquérir et ajouter à soi-même, et, si je ne craignais de paraître prêcher, j'entonnerais ici l'éloge de l'énergie humaine, encore que je n'oublie pas que les fées font toujours mieux et plus vite que nous et que leur manière négligée est toujours plus efficace que notre tension et notre zèle. Mais si les fées nous ont manqué, il nous faut bien faire leur ouvrage, comme nous pouvons. Certes il me faudra vivre très, très vieux, mais que le sort m'en laisse seulement le temps, et je finirai bien par assouplir cette tension même dans laquelle j'ai dû vivre et par regarder le monde aussi gentiment, aussi bonnement qu'il doit être regardé !

Nous ne savons pas comment pour nous particulièrement se fit le monde. Il faudrait connaître les choses dans leur genèse. Mais les plus grandes merveilles nous sont devenues habitudes quand nous les reconnaissons enfin. L'œuvre des sept jours est accomplie pour nous avant que nous puissions penser, et les minutes prodigieuses où, pour nous, la terre et l'eau, le jour et la nuit se séparèrent, où la lumière se fit, où les étoiles et les astres commencèrent de tourner dans le ciel ne nous laissent pas un souvenir. Nous n'avons aucune mémoire de tous ces premiers miracles qui installèrent le monde autour de nous. Comme nous serions plus intelligents si nous nous en souvenions et si nous pouvions porter sur cette genèse un regard critique. Les plus grands efforts de la science ne vont qu'à pénétrer tous ces mystères au sein desquels nous avons assez commodément grandi. Mais tout est là, un jour, sans que nous y ayons rien compris et sans que nous puissions y rien comprendre. Encore se trouve-t-on, selon la chance, selon les yeux, les oreilles, le nez qu'on a, plus ou moins bien armé. Mon premier monde, j'imagine, dut être incolore et inodore car j'ai dû beaucoup m'appliquer pour reconnaître les couleurs et les parfums. Mais mes oreilles devaient être meilleures que mon nez et mes yeux, et presque tout de suite mon monde chanta, et je pris plaisir à toutes les harmonies que le vent, les cris des bêtes, la voix des hommes brochent sur le profond silence.

Qui parle d'un « univers muet » ! Mais au total, mon monde était assez bête, comme moi.

J'étais bête, mais j'ai senti très tôt que je l'étais, et j'en ai eu honte. Ce fut là ma chance, la seule vraie faveur que le ciel m'ait accordée, et je pense bien que cela fut et ne cessera d'être le principe de mon perfectionnement. Pareille conscience suffit à faire une vocation. Dès lors je fus timide, j'eus peur des autres devant qui je me sentais insuffisant et ridicule, et je pris un grand goût pour la solitude. Sachant si mal vivre, je me suis caché, autant que j'ai pu, et j'ai tâché d'apprendre à vivre. Je parviendrai peut-être à le savoir. Alors on ne verrait plus que moi dans les rues. Je me promènerais comme ces passants généreux, ces « rois de la vie » qu'il suffit de regarder marcher pour se sentir plus joyeux, parce que d'eux la joie rayonne. Mais, en attendant, je célébrerai ici la solitude. Elle n'est guère à la mode aujourd'hui. Les gens ne pensent qu'à vivre ensemble. Je ne comprends pas ce mal qu'on dit d'elle et me demande tout au contraire si tout le problème politique et moral de ce temps n'est pas d'en redonner à chacun le besoin et de lui en garantir les loisirs et les moyens. La peur d'être seul n'est bien souvent que l'horreur du vide, et il se pourrait que la solitude fût la véritable épreuve des êtres. Elle vaut ce qu'on vaut, et, à ce compte, la mienne... Mais puisqu'en fin de compte, et bon gré mal gré, on y retombe toujours, mieux vaut s'évertuer à faire de soi-même pour soi-même un bon compagnon.

Donc j'ai connu très tôt mes limites et je me suis beaucoup battu avec la sottise. Mais quel incroyable bonheur que le rêve libre et l'étude, que de sentir s'ouvrir sa tête et de former une pensée dont on sait très bien que de soi-même et par ses seules forces on ne l'aurait jamais formée, quand enfin on parvient à se vaincre et que s'étend, si peu que ce soit, cette zone de clarté où l'on a décidé de vivre. Encore dois-je m'accuser de n'avoir pas sans doute assez aimé la vérité pour elle-même, mais peut-être un peu trop pour moi. Quand on est né sans exceptionnelles dispositions pour la chercher et la trouver et quand tout vous en empêche, l'effort même qu'on y dépense ramène trop à soi et manque de générosité. L'esclave emploie toute sa force à se débarrasser de ses liens. Il ne lui en reste aucune pour sourire après la victoire. Je n'ai guère connu que la joie de briser quelque fois mes liens. Certes, ce doit être un bien autre bonheur de vivre naturellement, sans effort, et par-delà la révolte, dans l'air de la vérité. Mais la grâce m'a manqué. Toujours la grâce ! Toujours les fées ! Ma mère s'inquiétait de ce goût en moi de la solitude. De moi, elle disait évidemment ce que de leurs enfants disent toutes les mères : « Il n'est pas fait comme les autres. » Elle ajoutait : « Il n'est jamais si content que tout seul; il ne se plaît qu'avec ses livres. » Elle en était un peu fière, mais elle craignait aussi cette singularité comme si elle eût deviné que ce serait là le principe de ma trahison.

Mais mon père avait sur moi ses idées. Il avait voulu que j'aille au collège, quoique les études y fussent payantes. Je n'y ai pas été heureux. J'y étais mal à l'aise. J'y suis resté jusqu'à mes quatorze ans, chaque année, au mois de septembre, mes parents se demandant s'ils continueraient un tel sacrifice. Mes condisciples étaient des fils d'industriels, de commerçants, de fonctionnaires, et, les querelles politiques et sociales de la petite ville ouvrière retentissant jusqu'à l'intérieur du collège, je sentais devant eux ma roture et mon indignité. J'étais petit, chétif, très incapable de reconquérir la considération à la force de mes poings. Ce n'est pas hasard, si je me suis risqué une fois à faire tout un livre des grognements de ce pauvre Caliban. J'ai très bien su, tout jeune, comment il grogne et ce qu'est sentir peser sur soi le mépris. Je me revois, un jour, acculé dans un coin de la cour, et toute une meute aboyante de petits bourgeois autour de moi. Je ne me rappelle plus quelle avait été l'occasion de la bataille. Mais je grognais, terrifié, comme Caliban, mais, comme lui encore, sûr de mon droit et de l'avenir. J'étais un bon élève, terriblement appliqué, un « bûcheur » comme disaient mes camarades avec plus de compassion que de sympathie. Je travaillais comme un âne. Le bulletin trimestriel de mes notes scolaires arrivait à la maison en même temps que la facture à payer pour ma présence au collège, et je ne pouvais pas ignorer ce que je coûtais. C'était bien le moins que tant d'argent ne fût pas « perdu ». Tout ce que j'entendais autour de moi me donnait aussi à penser, j'imagine, si obscurément que ce fût, que je servais une cause et que j'avais le devoir d'être le premier. Le jour de la distribution des prix était chaque année, pour ma mère, un jour de triomphe. Ce jour-là, elle mettait un chapeau, comme une dame, pour m'accompagner. J'étais « onze, douze » fois nommé, et il lui semblait, sous les tilleuls de la cour où avait lieu la cérémonie, que le ciel était plein de notre gloire. Nous revenions à la maison par le plus long chemin. Elle eût volontiers fait le tour de la ville.

Après cela, je n'étais pas trop savant, et si j'étais roi, c'était comme un borgne parmi des aveugles. Les études de mon petit collège ne devaient pas être bien fortes. La dernière année, mon père étant tombé malade, le principal me présenta à l'examen des bourses, et je n'y fus pas reçu. Si j'avais pu concevoir des illusions sur moi-même, je les perdis d'un coup. Je sus dès lors que je devrais quitter le collège et je fus, pendant des semaines, jusqu'à mon entrée à l'usine, dans un vrai désespoir.

J'étais trop jeune certes pour savoir clairement ce que je désirais et ce qui était en train de m'échapper, mais non pas trop jeune pour sentir ce qui me semblait une injustice. Pourquoi tout ce que j'aimais m'était-il interdit? Mais avais-je tant le droit de me plaindre? J'étais humilié par mon échec. Ne faisait-il pas la preuve que je n'avais point le droit à tout ce que j'exigeais? J'étais exclu, d'apparence, selon toutes les règles et faute de mérites. J'étais condamné par ma sottise et rendu à elle. Je n'étais pas fait pour savoir... Mais tous les autres, mes camarades, qui, après tout, n'étaient pas plus malins que moi et auraient échoué comme moi, pourquoi continueraient-ils de recevoir ce qui m'était refusé et qu'au reste ils ne désiraient même pas? Quel était ce droit qu'ils avaient et que je n'avais pas? Ils allaient au collège comme va chez un commerçant un client à qui son argent donne droit à quelque marchandise. Ils gâchaient la marchandise, si cela leur plaisait. A peine pouvait-on les mettre à la porte. Mon père m'avait appris à mépriser leur fortune. Mais dès lors je ne pus admettre ce privilège que leur créait leur argent. Il ne me restait qu'à faire la preuve, en venant à bout de ma sottise, que j'étais, moi aussi, capable et digne de la lumière.

Cette crise de mon enfance a, je crois bien, déterminé toute ma vie et sans doute quelquefois égaré mon jugement. L'interdiction que je subis augmenta mon désir jusqu'à la passion. Je ne savais à peu près rien encore, et j'étais déjà un intellectuel. J'en devais avoir sûrement les limites et les manies. Je veux dire que j'attribuai, dès ce moment, à la vie de l'esprit une importance peut-être exagérée. Je commençai de mettre peut-être à trop haut prix cet élixir qu'on distille dans les collèges et les universités, la culture. Car quelque mal que j'aie dit d'elle, et même si j'en ai dénoncé les déformations et les sophistications, je n'ai pas cessé de voir en elle la seule force qui vraiment délivre, et, quand, autour de moi, on parlait de la Révolution, je fus, dès ce temps-là, dans une sorte d'équivoque. J'entendais bien qu'il s'agissait d'augmenter le bonheur des hommes, mais comme on ne se définit le bonheur que d'après soi-même, j'entendais aussi qu'il s'agissait de gagner pour tous les hommes ce qui venait de m'être refusé, le droit à la lumière, et d'augmenter en eux le savoir et la conscience. Cela n'a pas manqué de faire de moi un assez piètre révolutionnaire. « Changer la vie », c'est un mot, un vœu de Marx, mais aussi de Rimbaud. Je ne suis pas parvenu à choisir entre ces maîtres et à quitter l'un pour l'autre, et j'ai trop mêlé la poésie et la réalité, et je suis à moi-même suspect.

Il est étrange que l'enseignement même du collège ne m'ait pas laissé de plus vifs souvenirs. Il faut que je l'aie mal compris. Nos maîtres étaient de braves gens qui faisaient honnêtement leur métier. Le principal enseignait lui-même avec une autorité rapide les mathématiques. C'était un grand homme sec qui dansait comme un funambule devant le tableau noir, et les chiffres aussi, grâce à lui, dansaient des sarabandes d'une étonnante agilité. Nous avions peine à entrer dans la danse. Le professeur de toutes les autres sciences avait assez l'air d'un sorcier moustachu qui eût tenu dans ses mains tous les mystères du monde moderne et nous n'entrions pas sans frémir dans le cabinet où il avait rassemblé toutes ses machines. Il nous les montrait avec fierté. Je me rappelle surtout certaine machine à grands plateaux de verre et à barres de cuivre d'apparence inoffensive mais vraiment diabolique. Faisait-on tourner les plateaux, quiconque approchait un doigt des barres de cuivre en faisait jaillir une étincelle et recevait dans le bras une forte secousse à lui interdire à jamais de douter qu'il y avait au monde mille choses effrayantes qu'on ne saurait voir. Le petit père Portelette nous enseignait le français et le latin. C'était un tout petit homme malade, menu et élégant, qui se grandissait autant qu'il pouvait en se perchant sur de hauts talons. La vie était en lui comme une chandelle. Mais il en était d'autant plus attentif à vivre et à faire tout ce qu'il faisait. Le professeur de dessin était un autre malade, tout falot et décoloré mais un véritable artiste, je crois, et j'ai compris plus tard qu'il avait dû souffrir d'être tombé de l'art dans la pédagogie. Il vivait avec sa sœur et sa mère, et l'on devinait en eux trois des Parisiens déracinés. Tous ces hommes formaient « le collège », et à aucun d'eux, j'en suis sûr, ne manquait la conscience de ce qu'il représentait dans cette petite ville à la fois ouvrière et paysanne toute mangée de menus soucis et de médiocres intérêts. Entre les hauts murs gris de la vieille bâtisse, dans le plein centre de la ville, au milieu des usines et des boutiques, quelque chose de pur s'accomplissait. Tout y était autrement orienté que partout ailleurs, par l'esprit de la vérité.

Mais j'avais été pris tout de suite par les routines de l'école, et je travaillais trop. Je ne savais que travailler. J'apprenais mes leçons, je faisais mes devoirs, je savais toutes les règles. Si je me souviens si mal aujourd'hui de tant d'heures durant lesquelles cependant je fus sûrement très attentif, c'est sans doute à cause de cette attention même. J'en voulais tirer un profit immédiat et je ne vis alors que des énigmes grammaticales, des séries de nominatifs, de génitifs et de datifs, dans des livres qui me racontaient les merveilleuses aventures de Didon et d'Enée, d'Ulysse et de Pénélope. Bon élève, je manquais de désintéressement. La beauté ne se montre qu'aux cœurs généreux. Je ne la méritais pas. Peut-être aussi y avait-il un trop grand contraste entre la vie que je pouvais entrevoir dans les livres et la vie qu'on vivait autour de moi, pour que je puisse bien comprendre. Il eût fallu travailler comme je faisais, mais il eût fallu aussi garder le temps du rêve, mais tout prenait dans notre maison l'air de la nécessité: les grandes figures lumineuses que créent les poètes et les artistes ne pouvaient vivre dans ces ombres.

Quoi qu'il en soit, si je n'eus pas au collège la révélation de la beauté, j'y subis sûrement une sorte d'imprégnation inconsciente sans laquelle rien, par la suite, aucun effort vers le vrai et le beau ne m'eût été possible. L'idée même ne m'en serait pas venue. Ombre du petit père Portelette, et vous mathématicien funambule, et vous sorcier à grandes moustaches, qui, les premiers, m'avez donné l'idée qu'il y avait un autre monde, un monde vrai, mais que d'y entrer est toujours difficile, qui m'avez fait aimer cette difficulté même, les petites villes, prises dans le mouvement et les grossièretés de la vie moderne, ne pensent plus guère à ce qu'elles vous doivent. Hommes modestes, qui, en choisissant votre métier, faites vœu de pauvreté, jardiniers insignes qui, dans vos maisons de faubourg, inventez de nouvelles roses ou de nouvelles tulipes, humanistes silencieux qui ne maniez que des choses pures et passez d'un chef-d'œuvre à un autre chef-d'œuvre, d'une vérité à une autre vérité, juges et censeurs bénins, les seuls entre tous les hommes qui ayez droit, voire obligation d'écrire à l'encre rouge et notez de zéro à vingt quoi qu'on puisse dire de l'univers, qui rayez d'une main violente le laid et le faux, mais marquez de signes d'exclamation le beau et le vrai, ouvriers discrets et opiniâtres d'une lente mais invincible révolution... mais je m'arrête. Vous doutez, vieux Socrates, d'être à ce point responsables et importants.

LA VIE SÉRIEUSE

Mon père tomba gravement malade, et il fut clair bientôt qu'il ne guérirait pas. Alors je pris mes dernières vacances, passai quelques jours à Peïné chez ma nourrice et, au mois d'octobre, le jour même où j'aurais dû retourner au collège, entrai à l'usine. J'avais un grand chagrin. Mais c'était retrouver peut-être les voies de la providence. C'est bien là que je devais aller, et je crains que tout ce que j'ai fait par la suite pour en sortir n'ait été qu'erreur et perdition. J'ai passé ma vie à ne plus bien savoir comment vivre. J'ai tenu en vain de petits carnets *pro remedio animae meae*, toujours inquiet entre deux pensées, entre deux mondes, l'un celui de ma jeunesse et de mes plus chers souvenirs, où il me semble, à tort ou à raison, qu'une vie difficile, mais forte, généreuse et simple laisse la conscience n'être que l'instinct du juste pour tous les hommes, l'autre, celui de mon désir propre où la passion du vrai et du beau elle-même a fini par me jeter dans de petits chemins trop personnels et où, peut-être, on ne sait plus aimer.

C'était dans une fabrique de chaussures. J'avais deux patrons. L'un était surtout un technicien et je n'eus que rarement affaire à lui. L'autre avait la direction des bureaux, de la comptabilité, etc. C'était mon vrai maître. J'étais employé au bureau. J'étais « le gosse ». Je portais une blouse noire. Je faisais les courses. Aux fins de mois, j'allais payer les fournisseurs de la ville et ils me laissaient en pourboire les centimes. Certains étaient les pères de mes anciens camarades qui affectaient de ne plus me connaître. J'avais honte en prenant, sous leurs yeux, les centimes. Un peu plus tard, je classais la correspondance, et je tapais avec deux doigts à la machine à écrire. Je fis les factures; j'écrivais sans fin, des milliers de fois, les mêmes formules: botte mégis bouton, claque vernie, cousu. Ou bien: Richelieu chevreau, bout verni, cousu... Ces formules caractérisaient les divers types des chaussures. J'aurais gagné sur ces mots-là le premier prix à un concours international de dactylographie. J'étais imbattable. Ils me sortaient du bout des doigts. Aux environs de Pâques surtout, quand, pour le printemps nouveau, les gens changent de souliers. Onze heures chaque jour, les bottes mégis ou les Richelieu chevreau se multipliaient dans ma tête, sous mes mains, je sens une révolte imbécile à ce souvenir. Cela dura près de quatre années. J'avais été embauché, par grande faveur et en considération de mon savoir, à vingt-cinq francs par mois, un peu plus de vingt sous par jour ouvrable. Je me souviens de ma première paie, à la Toussaint. Le patron me donna mon enveloppe. A midi, je courus à la maison en la serrant bien fort dans ma main. Ma mère fut tout heureuse, et moi j'étais très fier. J'ouvris l'enveloppe, sortis la grosse pièce d'argent, mais le louis d'or resta coincé dans l'enveloppe. Il fallut la retourner. Le louis d'or roula sur la table. Au premier de l'an, je n'apportai encore que vingt-cinq francs. Ma mère commença de se plaindre. Ce n'était même pas mon pain. Elle décida que je devais demander « de l'augmentation ». Je ne le pus pas pendant longtemps. Souvent j'allais jusqu'à la porte du patron, mais à l'instant de frapper je sentais ma gorge se serrer: je n'aurais pas même pu parler.

Le bureau du patron et celui où je travaillais avec mes camarades n'étaient séparés que par une cloison dans laquelle s'ouvrait une lucarne vitrée, elle-même couverte d'une trappe à glissière. La trappe était ordinairement baissée pour le secret des affaires. Mais le patron la laissait levée quelquefois pour la surveillance. Il ouvrait la lucarne pour donner quelque ordre, demander quelque renseignement. Alors de la place où je tapais à la machine, je pouvais, en me tournant un peu, le voir de profil. Ah ! comme je surveillais son humeur, ses sourires, les rides de cette patte d'oie qu'il avait au coin de l'œil, l'ordre de ses moustaches et de sa barbe taillée en bouc, car on disait dans l'usine que les jours où il se faisait tailler la barbe étaient ses meilleurs jours. Barbe en fleur, bonne humeur. Mais je ne lui trouvais jamais la barbe assez fleurie. C'était un homme intelligent, honnête, et même – j'eus plus tard, quand j'eus quitté l'usine, l'occasion de le vérifier – généreux. Mais les affaires étaient les affaires, et les gens finissent toujours par avoir le cœur de leur fonction. Je le sentais inaccessible. Mais, dans les jours de Pâques, comme le travail pressait, il nous dit à tous un mot d'encouragement. Je bondis sur l'occasion. Je frappai à la lucarne et lui demandai de me recevoir. Il vint lui-même m'ouvrir la porte, la referma derrière moi, me fit asseoir, baissa la petite trappe pour que personne ne nous voie, et me demanda ce que je voulais. Pourquoi, pourquoi avais-je honte? J'expliquai, en bafouillant, que cinq francs d'augmentation par mois nous rendraient service, que mon père était malade, que ma mère... Je n'en pus dire davantage.

– Pauvre petit, commença-t-il en me tapotant les genoux.

Mon patron était un ancien professeur qui, dans cette ville chaussonnière, avait vite compris que la vente des chaussures comportait plus de profits que la vente des mathématiques. Il parlait magnifiquement, et j'ai vérifié, ce jour-là, et bien d'autres, hélas, le bien-fondé de tant d'éloges que plus tard je devais lire du *logos*: il n'est pas de plus grande puissance au monde. Celui qui parle le mieux finalement l'emporte toujours, et c'est un bien bel art que celui de savoir rendre petites les choses grandes et grandes les choses petites, de rester, en toutes circonstances, le maître des définitions, et de fixer ainsi l'ordre et la règle. Point de civilisation sans quelques bons sophistes qui sachent en célébrer comme il faut les valeurs et leur donner un air d'éternité.

Notre patron avait des ambitions et d'ailleurs de grands dons politiques, et, quoiqu'il fût dans l'administration de ses affaires plus rigoureux qu'aucun de ses confrères, trouvait le moyen d'être presque populaire. Il avait un ton d'humanité qui séduisait. S'il ne se risqua jamais à être candidat, c'est, j'imagine, qu'une nette conscience de ce qu'il était en dépit des apparences le retenait et lui inspirait une sorte de peur. Il n'était pas du tout dupe de lui-même. Et d'abord il me consola paternellement: la pitié était une de ses plus sûres ressources. Il me fit l'éloge de ma mère, si travailleuse. Ah ! la vie était dure, les affaires difficiles, la concurrence effrénée. Mais on s'en tirait toujours avec de la volonté. Lui-même, d'où venait-il? Il était né dans une cour de ferme... mais il avait été opiniâtre. Il me fit entrevoir pour moi le même avenir. Quant à cette « augmentation », il était désolé, elle était impossible. Tout se savait. Que diraient mes camarades plus anciens que moi dans l'usine? Il me fallait être un peu patient. Son devoir à lui était d'être juste. Il eût souhaité, bien sûr, « augmenter » tout le monde. Mais les prix de revient ne le permettaient pas. Il fallait pouvoir vendre. Je ne me rendais pas compte. Telle était sa confiance en moi qu'à la prochaine saison il me prendrait près de lui pour établir les prix de revient justement. Un sou oublié pouvait être la ruine. Et lui, il avait charge d'âmes: tous ces hommes, toutes ces femmes qui vivaient de son entreprise... Plus tard peut-être, quand les affaires seraient moins dures...

Je retournai à ma machine, parmi mes camarades, sans oser lever les yeux. J'eus mes cent sous quelques mois plus tard, quand je ne les attendais plus. C'est le secret de toute autorité: refuser ce qu'on vous demande, donner ce qu'on ne vous demande plus, et faire en sorte que tout paraisse le fait du prince. Après trois ans, je finis par gagner jusqu'à quarante francs.

La paie ! Chaque samedi matin, c'était une vraie cérémonie. Pendant deux ans, je servis d'acolyte à cet office dont mon patron était le prêtre. Nous traversions les ateliers d'un pas solennel. Nous commencions par les greniers où étaient les ateliers de coupe et finissions par la cave où des machines à grand balancier débitaient à l'emporte-pièce les semelles et les talons. Mon patron marchait devant, portant sur un plateau les piles de louis d'or, de pièces d'argent, de sous que j'avais rangées dès le matin. Je suivais à quelques pas, la feuille de paie en main. Il ne manquait devant nous qu'un bedeau et sa sonnette. La bonne manne allait tomber partout. La distribution se faisait dans chaque service au guichet du contremaître ou de la contremaîtresse. Les ouvriers rassemblés attendaient de l'autre côté du grillage. Quel silence, quand nous arrivions. On n'entendait plus, comme un bruit d'orgue, que le vrombissement des machines qui continuaient de tourner à vide. J'appelais les noms et annonçais à chacun ce qu'il avait gagné dans la semaine. Mon patron payait. Ses mains tremblaient toujours un peu au-dessus du plateau, tandis qu'il rangeait et dérangeait ses piles d'or et d'argent. Chaque ouvrier, bien entendu, avait à l'avance fait lui-même son compte, et je ne lui apprenais rien. Pourtant il n'était tout à fait sûr de ce qui lui était dû qu'après que j'avais parlé, et, s'il ne s'était pas trompé, je voyais, au coin de ses yeux, se former toujours le même imperceptible sourire. Il s'approchait du guichet, comptait, recomptait son argent, le ramassait. Chacun avait sa manière où un plus avisé que moi eût reconnu tout son caractère. Je regardais les visages. Aucun n'était tout à fait paisible. Cet argent était comme le soleil, la mort ou le saint sacrement. Personne ne pouvait le regarder fixement. Toute la vie, tous les regrets, tous les désirs tenaient à lui.

La paie des employés et des contremaîtres, à la fin de chaque mois, se faisait au bureau, par la petite lucarne. Nous autres avions droit au secret. Le patron nous appelait l'un après l'autre, mais n'annonçait pas nos salaires. Chacun de nous recevait une enveloppe fermée qu'il serrait tout de suite dans la poche intérieure de son veston. Cette pratique des enveloppes changeait le caractère de la cérémonie. Si peu que nous gagnions, nous entrions, par ce secret, dans les mystères sordides mais aussi dans les dignités de la société. Notre blouse noire était notre cache-misère. Les ouvriers se méfiaient de nous. Ils méprisaient nos faux cols empesés et nous appelaient les « cols de zinc ». J'admire comme des hommes également misérables s'inventaient des raisons de se distinguer les uns des autres et de ne pas s'aimer. Dans la foule des ouvriers devant le guichet, il me semblait sentir une fraternité. Notre groupe à nous devant la lucarne grouillait d'ambitions et de jalousies.

L'atmosphère du bureau était aigre et pénible. Nous y étions cinq employés: je voudrais pouvoir dire que nous vivions en bonne amitié, mais ce ne serait pas vrai. Nous n'étions méchants ni les uns ni les autres, mais sans doute nous montrions-nous à l'usine assez différents de ce que nous étions à la maison. Tout y devenait, je ne sais comment, raison de se dévorer. Nous étions rivaux sans le vouloir, peut-être même sans le savoir et, il faut bien l'avouer, nous ne nous aimions guère. Je crois avoir vérifié alors ce qu'est dans les hommes la passion de commander et d'asservir. Quelle passion de la prééminence ! J'avais, étant le plus jeune, sans compter le patron, quatre maîtres qui, eux-mêmes, s'éprouvaient, se mesuraient, tâchaient de prendre l'un sur l'autre l'avantage. Un sourire du patron à l'un d'eux suffisait à changer pour quelques jours la hiérarchie. Je n'abuserai pas de mon privilège en faisant le portrait de mes quatre camarades; j'aurais tout à craindre sans doute s'ils étaient dans le cas de faire le mien. Je me disputais surtout avec celui qui avait été le « gosse » avant moi; il prétendait, contre la tradition et l'usage, garder un droit aux centimes des fins de mois chez les fournisseurs. Quant aux trois autres, sous le prétexte de m'apprendre mon métier, ils se débarrassaient sur moi de toutes les corvées du leur.

Un matin, en arrivant – chacun de nous avait son clou derrière la porte où il accrochait son béret et son capuchon, avant de passer sa blouse – je me trompai de clou. Celui de mes camarades que j'avais ainsi sans le vouloir dépossédé entra dans une grande colère. Il jeta par terre mes vêtements : « Garde tes microbes », me cria-t-il. C'était l'hiver. Je toussais, j'étais enrhumé, mais non pas malade. Cette scène insignifiante me fit beaucoup de peine. J'étais humilié. Je me sentis rejeté. Je pense bien qu'assez rapidement mes camarades me détestèrent comme mal adapté. Je n'étais pas fier de notre métier, comme ils l'étaient, et ils ne me le pardonnaient pas.

Je faisais au bureau tout ce que je devais faire, et même, d'apparence, avec zèle. Mais j'avais eu bientôt de cette vie, de ces occupations une sorte d'horreur, et mon zèle n'était que pour m'en débarrasser plus rapidement. Ma tâche finie, je fuyais. Les cachettes sont innombrables dans une usine : je me cachais à la cave, entre les sacs de talons, ou bien au magasin d'expédition, dans les casiers, derrière les piles de boîtes de carton. Quand j'avais traversé les quartiers de la piqûre, du montage, du finissage, tout ce bruit énorme où se mêlaient les sifflements des fraiseuses, les martèlements des machines à clouer, le caquetage des machines à coudre, ces refuges me semblaient merveilleusement tranquilles. La cave sentait le cuir et le tanin. Le magasin sentait le cirage, le « polish » dont on frottait les chaussures pour leur donner un dernier éclat, avant de les empaqueter. Quel calme ! quel repos ! J'étais au bord de quelque étang, au fond des bois, rendu à moi-même. Je m'assurais que personne ne me voyait. Alors de dessous ma blouse je sortais un livre et je lisais.

Je croyais habile de ne jamais quitter ma place au bureau très longtemps, tout au plus un petit quart d'heure. Mais je grappillais le temps comme je pouvais et repartais au premier prétexte. Mes camarades eurent bientôt découvert mon manège, et dès lors je leur fus suspect. Ils m'interrogèrent et je leur dis la vérité. J'avais décidé de changer de vie, de quitter le bureau, l'usine. J'avais repris mes livres du collège et décidé de préparer, comme je pourrais, le baccalauréat. Cet aveu ne fit qu'aggraver mon cas: je parus prétentieux et ridicule. Car, si l'ambition de parvenir ne leur manquait pas à eux-mêmes, du moins ne souhaitaient-ils parvenir que dans leur ordre, par la patience, l'habileté et l'économie. En ce temps où le bachot était encore, selon l'opinion, le premier titre qu'on devait conquérir pour passer du côté des maîtres, il sembla à mes camarades que je voulais orgueilleusement forcer du premier coup la plus grande porte.

J'étais sûrement tout à fait insupportable. La rancœur, le dégoût m'avaient rendu dur et solitaire, et rien ne pouvait m'adoucir. Depuis que, dans ma douzième année, l'évêque du diocèse était venu à Fougères donner une petite tape à tous les enfants de mon âge, je n'étais plus jamais retourné à l'église. Ma mère elle-même ne le jugeait pas bien utile: c'était une grande perte de temps; j'avais reçu tous les sacrements; j'étais baptisé, communié, confirmé, bon pour le ciel, comme devait l'être toute âme d'homme; je pouvais voguer dans ma propre galère jusqu'à ma mort; je ne pouvais commettre de bien grands crimes, et tout, au reste, pouvait être rattrapé au dernier moment, j'aurais droit à la vie éternelle, au paradis où, bien sûr, nous nous retrouverions. C'était là son compte... Pour moi, j'avais tout à fait oublié mon catéchisme. Dès que j'avais pu observer les choses autour de moi, et mon père aidant, j'avais vite décidé que l'Eglise et l'usine avaient partie liée pour nous maintenir dans l'obéissance et dans la soumission. Dieu ne me tourmentait plus. Je n'attendais pas de lui mon salut. Je jugeais coupable la résignation. J'étais dans la frénésie d'un combat et intéressé par ma seule victoire.

Il m'est arrivé une fois déjà d'évoquer toutes ces choses, et je l'ai fait avec sincérité, mais non pas, je le crains, sans quelque romantisme. Je me suis donné un trop beau rôle. Tant que dura la bataille, je n'ai pensé qu'à moi et ne me suis battu que pour moi. Plus tard seulement, la bataille gagnée, la fidélité m'est venue; j'ai méprisé l'ambition, et le regret de ces temps difficiles, mais pour moi prodigieux, m'a fait souvenir des compagnons que j'avais quittés et attendri sur leur destin. Alors je me suis naïvement raconté à moi-même une édifiante histoire; je me suis considéré comme l'un de leurs délégués dans le camp des maîtres; je me suis appliqué à l'être, et j'ai tout à fait oublié que dans la réalité je n'avais été d'abord qu'une petite bête ambitieuse, avide de trouver ses aises et de vivre enfin selon son plaisir. Mes camarades n'avaient pas tort de ne sentir en moi qu'un parti pris forcené de me séparer, d'être heureux et libre selon ma loi.

Il y avait au magasin, voisin du bureau où j'avais ma machine, un vieil original, le père Jean, qui faisait les paquets, et je devais l'aider quelquefois, quand les expéditions pressaient. Tout manœuvre qu'il fût, il avait, dans l'usine, du prestige, parce qu'il avait été l'ami d'enfance du patron et le tutoyait. Il avait un grand goût du savoir. Il admirait dans le patron, son ami, tout justement ce que le savoir, selon lui, devait rapporter : une belle place et la fortune. Pour lui, quarante ans de travail et d'avarice l'avaient fait propriétaire, dans un faubourg, d'un jardin et d'une baraque qu'il avait construite lui-même les dimanches et où s'entassait sa nichée d'enfants. Il avait jadis appris tout seul à lire tandis qu'il gardait les vaches et trouvait maintenant tout son plaisir à peiner sur le Larousse mensuel auquel il était abonné. Lui seul approuva mon entreprise, mais ce ne fut pas sans se moquer. Il était malin et méprisant. Puisque je prétendais devenir savant, il me mettait tous les jours à l'épreuve en me proposant quelque énigme à résoudre qu'il avait puisée dans son Larousse. Souvent, tandis que je tapais à ma machine, je l'entendais m'appeler : « Eh ! le bachelier ! » Mes camarades tout de suite levaient la tête, sachant bien ce qui suivrait. Je baissais la mienne et m'appliquais à ma besogne. Ses questions d'abord étaient innocentes : comment se nommaient les Pyramides ? les Sept Merveilles du monde, les trois Parques, les neuf Muses ? Combien les lapins avaient-ils de dents ? Comment un veau devenait-il un bœuf ? Qui était la femme de César ?...

Une fois en train, il ne s'arrêtait plus. De sa voix grasse et goguenarde, il me mettait devant cent problèmes saugrenus, scabreux et égrillards. Je ne répondais pas. J'en étais bien empêché. J'étais ridicule comme ignorant, mais je l'étais plus encore comme puceau, car toutes les histoires du père Jean tendaient à établir que la vraie science des mâles était l'amour et que je n'y étais pas expert. Mes camarades riaient à se tenir le ventre. J'étais sottement malheureux et furieux.

Si j'avais été moins tendu et plus fin, les brocards et les plaisanteries m'auraient averti: j'aurais compris que la vraie science des hommes était la vie, et je n'aurais pas attaché d'importance à ce savoir livresque que je m'efforçais d'acquérir. Tout peut-être n'était pas pur dans cet effort que je faisais. Le trop grand besoin m'a servi en me contraignant, mais il m'a enfermé en moi-même. Je m'en suis tiré bourgeoisement. Il s'agissait bien de devenir bachelier et de conquérir, les uns après les autres, tous les titres qui finiraient par me transformer en un monsieur et m'asseoir dans quelque fauteuil. J'ai quitté les usines de la cordonnerie pour celles de la culture officielle, mais elles ne sont peut-être pas si différentes. Il est bien des façons d'être robot, et les plus dangereuses sont les plus brillantes. Plus fort, plus généreux, plus solide, j'aurais mieux supporté les misères de notre vie, je serais demeuré parmi les miens, je ne me serais pas séparé. J'aurais lu des livres, mais d'autres, et sans songer à en tirer un profit immédiat. J'aurais seulement attendu d'eux qu'ils me révèlent la grandeur de la vie. Alors, parce qu'elle se retrouve partout, je l'aurais reconnue tout près de moi, dans la condition même que je méprisais et j'aurais regardé avec les yeux de l'amour les gens vivre autour de moi. Alors peut-être aurais-je eu quelques chances de devenir vraiment un artiste, je veux dire un de leurs témoins capable de proclamer ce qu'ils espéraient et ce qu'ils souffraient.

Mais non ! j'écrivis, un soir, avec application, dans un coin de la petite table sur laquelle je travaillais à la maison, ces mots, comme un engagement solennel avec moi-même et l'univers: « Vive le bachot ! » Ce ne fut pas facile. La table était cirée et l'encre prenait mal. Je dus repasser plusieurs fois dans les mêmes traits. Enfin ce fut fait et, pendant deux années, j'eus sous les yeux ces mots stupides qui relançaient ma passion. La journée finie à l'usine, à sept heures, je rentrais vite à la maison. Nous mangions la soupe. Puis je lavais la vaisselle. A neuf heures, j'étais libre ! J'allais dans ma chambre, m'asseyais à ma table, et commençait vraiment une autre journée d'une lumière merveilleuse, la lumière d'une petite lampe que je baissais autant qu'il était possible, afin d'économiser le pétrole. Ma mère pédalait à sa machine de l'autre côté de la cloison. Vers les onze heures, avant de se coucher, je savais qu'elle viendrait voir sur le palier si je dormais; j'éteignais, et aucune raie brillante sous la porte ne pouvait me trahir. Je rallumais un peu plus tard et me remettais au travail. Je m'étais procuré le programme des examens. Un dimanche, j'étais allé à Rennes à bicyclette acheter d'occasion les livres nécessaires. Un ami, le seul qui me fût resté du collège, le fils d'un professeur de physique, devenu étudiant, me guidait de loin, me proposait et me corrigeait des problèmes. J'avais renoncé au latin, désespérant de pouvoir l'étudier seul, et j'avais sagement choisi le possible, l'examen le plus simple, celui de la section moderne. Tout allait mieux que je n'avais espéré. Je cochais sur mon programme les matières à étudier à mesure que je pensais les avoir apprises. On ne peut être plus heureux que je n'étais. J'ai passé ainsi deux hivers dans ma chambre glacée, mais je ne me souviens pas d'avoir eu froid. J'étais ivre de ma propre volonté, ivre aussi de solitude et fier. Il me semblait me battre contre l'univers. Mon père était malade, mais je n'ai gardé de sa maladie presque aucun souvenir. Je faisais un assez joli monstre, tout à moi-même, rien qu'à moi-même. Ma mère craignait que je ne tombe malade, moi aussi. Elle devinait que j'étais en train de lui échapper et pleurait. Je ne voyais pas ses larmes. Nous nous chicanions seulement sur le pétrole que, de toute évidence, je gaspillais.

Mais je blasphème peut-être et rabaisse à plaisir ces jours de ma jeunesse. Je n'étais pas si coupable. Je me vengeais du mauvais sort. Si je pensais à parvenir, à faire la nique à mes anciens camarades du collège, je n'y pensais pas toujours. Ces jours, ces nuits étaient pures. J'étais tout à ces choses que j'étudiais, et il est arrivé que la vérité et la beauté soient les plus fortes. S'il est vrai que le plus souvent j'ai empilé comme dans un sac mille connaissances inutiles et sans lien, avec le seul souci du succès, parfois une sorte de saisissement m'avertissait et je me sentais possédé d'une joie inexplicable. Je ne savais pas bien dans le moment même de quoi était fait mon plaisir. Dans ce cercle de lumière, sous la lampe, au fond de la chambre pleine d'ombre, j'ai vu quelquefois le monde se recomposer, trouver son ordre selon l'esprit de l'homme. Je faisais mes affaires, mais davantage encore les affaires de Dieu, ou plutôt Dieu faisait ses affaires en moi. Dieu? Je veux dire cette grande force pure qui nous libère et nous soumet tout à la fois, nous mène doucement à la conscience, et d'un chaos de souffrances recrée un ordre où nous croyons avoir notre place assignée. On ne devient pas alors plus savant. Ce n'est pas quelque chose qu'on puisse résumer, répéter, réciter, redire. C'est quelque chose de plus profond qui intéresse tout l'être. Toutes relations avec le monde en sont un instant changées. Je n'ai plus jamais depuis connu pareille concentration, jamais été plus près d'être un esprit. Je me rappelle ainsi la première lecture que je fis de *Phèdre*.

Je l'ai si souvent relue depuis que mes souvenirs sûrement se mêlent. Certes, cette première fois, je ne compris pas tout, mais je cédai tout de suite à l'incantation admirable et je fus ébloui par l'éclatante beauté. Je ne lisais pas seulement des yeux, mais en remuant les lèvres à voix toute basse, pour que ma mère ne m'entende pas. Je me jouais la pièce à moi-même. Quel était cet affrontement d'une femme criminelle et du ciel? La fille du Soleil, consciente de sa faute, ne pouvait supporter la lumière du jour, mais finissait par se perdre en elle et retrouvait ainsi sa pureté. Je suivais mal cette dialectique d'une âme inquiète de sa perfection. Je ne comprenais pas comment s'opérait la transfiguration. La femme la plus impure devenait la pureté même. Mais je commençais de deviner qu'un certain regard sur le monde et les êtres les change, et, quels qu'ils soient, les explique et les justifie. Serais-je jamais capable de ce regard? La mèche de la lampe qui commençait à grésiller interrompait mon travail et mon rêve. J'éteignais. Souvent alors j'ouvrais sans bruit la fenêtre. Tout dormait, notre maison, la petite ville, toute la souffrance, toute l'inquiétude. Je regardais la nuit et y retrouvais la même beauté que je venais de quitter. Les grands nuages se promenaient si doucement parmi les astres. J'étais d'accord avec le ciel. Il me semblait entendre battre mon cœur. J'étais seul vivant sur la terre et plein d'un bonheur indicible.

Mais il faut tout dire, puisque j'ai commencé d'avouer les motifs que j'eus de vouloir ainsi changer ma vie et faire reconnaître ma grandeur. J'aimais, j'étais aimé. Dans la solitude de la nuit, je n'en avais pas qu'aux étoiles. Penché à la fenêtre, je me tournais comme un suppliant vers une autre fenêtre d'une autre maison de notre rue. Que n'aurais-je donné pour que cette fenêtre s'éclairât, me fît un signe ! Cela n'arriva jamais, mais je n'en continuai pas moins, toutes les nuits, mes dévotions. Son nom n'importe pas. Sans doute n'aimais-je en elle que moi-même. Il fallait qu'elle fût, que j'eusse quelqu'un à qui offrir en rêve mon effort et ma peine, restant bien entendu que j'en profitais seul. L'amour est ainsi le plus souvent: on aime pour soi, rien que pour soi. Sans elle, peut-être n'aurais-je rien tenté. C'était la fille d'un négociant chez qui ma tante Madeleine, couturière, allait faire des journées. Une fois, en sortant de la distribution, j'étais allé montrer à ma tante mes prix. La petite fille était là et avait été émerveillée. L'amour flamba. Ma tante romanesque s'était juré que cela ferait plus tard un mariage. Pourquoi pas? Nous devions alors, la petite fille et moi, avoir dans les treize ans. Je pense bien ne lui avoir pas parlé plus de trois minutes dans toute ma vie, mais je n'ai pas cessé de lui faire ma cour durant des années. Et quelle cour ! A cause d'elle seule j'ai perdu beaucoup de ce temps dont je n'avais guère. Sans rien nous dire, nous étions convenus d'un langage: on n'imagine pas ce que des persiennes peuvent dire, selon qu'elles sont plus ou moins closes, plus ou moins ouvertes, plus ou moins inclinées, sans parler de leurs battements qui, d'une fenêtre à l'autre, peuvent être des saluts, des soupirs, des reproches, des prières. Tout signifiait: je pense à vous. Mais les gens de la rue pouvaient s'intéresser à nos marivaudages. Il nous fallut devenir plus prudents: les battements des persiennes devinrent imperceptibles, et seuls les yeux de l'amour purent les distinguer. Ce fut un grand et long amour sans paroles, par conséquent sans scènes et sans contradictions, et, de ma part au moins, je l'affirme, un élan admirable. Comme rien ne m'arrêtait, je montai jusqu'au ciel. Un saut à la fenêtre, des persiennes remuées exactement au même rythme de part et d'autre, et je me sentais le droit d'aller plus loin, plus haut : notre accord était prodigieux. Dans ce silence et dans ce vide, je pouvais construire mon amour sur le seul besoin que j'en avais, et ce besoin était infini.

Elle jouait du piano et je m'étais mis à la mandoline. Je pus savoir par ma tante quels morceaux elle jouait. C'était la *Marche turque* de Mozart, mais surtout la *Mort d'Ase*, la chanson de *Solveig*. Je me les procurai. Mais comment, sur mon pauvre crincrin, retrouver l'ampleur de ces mélodies désespérées ? Mais j'ouvrais toute grande ma fenêtre, je jouais aussi fort que je pouvais, à casser mon plectre sur les cordes, pour qu'elle m'entende de la rue et reconnaisse les airs qu'elle aimait. Quant à ces inoubliables trois minutes d'une conversation vraie, elles se situent sans doute un peu plus tard dans mon histoire après que j'eus quitté l'usine, quand, devenu étudiant, j'eus des vacances. J'avais alors le temps de surveiller les allées et venues de ma dulcinée. Je savais les heures de ses leçons de piano. Caché derrière mes persiennes, je guettais son départ, je partais à mon tour et dès lors tout notre plan était de si bien régler, l'un et l'autre, notre pas, que je la dépasserais tout juste au moment où elle traverserait certaine petite impasse qu'il y avait entre deux rues. Il n'y avait jamais personne. Nous étions seuls. Mais j'avais le poids du monde sur la tête et un bœuf sur la langue. Je la dépassais. Je ne sais plus même si je parvenais à lui dire: bonjour. Nous étions l'un et l'autre tremblants à tomber par terre. Un jour enfin j'osai. J'arrivai à sa hauteur, comme elle entrait dans l'impasse et restai près d'elle jusqu'à la sortie. Nous parlâmes de la chanson de *Solveig*, heureux de l'admirer ensemble. Au bout de l'impasse, je repris mon pas de garçon.

– Au revoir, mademoiselle.

– Au revoir, monsieur !

Ce fut tout. Mais j'entends encore sa voix: ma petite bourgeoise parlait un peu du nez, comme les personnes un peu contentes d'elles-mêmes. J'en fus dans l'instant surpris, mais dans mon souvenir ce léger nasillement est resté délicieux. Cet « au revoir » prometteur fut pourtant un définitif adieu. Je ne lui ai plus jamais parlé, encore que nous n'ayons pas cessé pendant des années de jouer ainsi à nous dépasser l'un l'autre. Je me souviens encore que, les dimanches d'été, toute sa famille faisait en voiture des promenades dans la campagne autour de la ville. J'enfourchais ma bicyclette et rôdais par toutes les routes. Quelle joie, quand, dans le lointain, du haut d'une côte, j'apercevais le break du négociant! Je rusais pour demeurer quelque temps derrière. Il fallait bien finir par le doubler, le nez sur mon guidon, plein d'une horrible confusion, mais j'avais déjà conçu un itinéraire qui, dans une heure, me permettrait de le croiser. J'étais ridicule. J'ignore ce qu'est devenue Dulcinée. Où qu'elle soit, je lui souhaite d'avoir été heureuse. Je lui dois bien plus qu'elle ne peut penser.

Je serais bien ingrat si je ne faisais ici une place à M. Duval, le professeur de dessin du collège. Vers le temps où j'entrai à l'usine, la municipalité de la ville avait créé un cours du soir, un cours de dessin appliqué. Comme je saisissais toute occasion d'échapper à mon triste métier, je ne manquai pas de m'y inscrire. Ce cours avait lieu le soir deux fois par semaine. C'est ainsi que je pus bien connaître M. Duval. Mon application suppléa aux dons qui me manquaient et je devins son meilleur élève. Armé d'un tire-ligne, d'un té, d'une équerre, je dessinais des machines, des maisons, je ne sais quoi. J'ai souvenir surtout d'une petite maison blanche et rose dont j'avais fait le plan et l'élévation, avec un étage, un perron, des balcons, pourvue de tout le confort moderne, buanderie, salle de bains, etc., sur laquelle rêva toute ma famille. On finit par l'afficher au mur de la cuisine sans doute comme un témoignage de mes talents, mais surtout comme une image de l'inaccessible bonheur. Sa vraie légende eût été: si j'étais riche... Mais le dessin appliqué et utilitaire n'était pas ce qui intéressait M. Duval. Il avait pour moi de l'amitié. C'était un pauvre petit homme toujours vêtu de noir, râpé et méprisé, et à qui ses élèves au collège faisaient la vie dure. Il portait toujours un chapeau melon, un col très blanc et des souliers bien cirés, ce qui, je l'ai déjà dit, selon mon père, définissait la dignité. L'ironie du sort, pour regarder et peindre les splendeurs du monde, lui avait donné de grands yeux mais chassieux, pleins de cire et toujours pleurants. Peu d'hommes ont fait moins de bruit en marchant sur les trottoirs de la grand-rue où paradaient les vanités. Il avait dans les quarante ans et, célibataire, vivait avec sa mère et sa sœur qui, toutes deux, dans le quartier, passaient pour folles, simplement parce qu'elles ne sortaient guère et parce que la gêne extrême les obligeait parfois à faire dans les boutiques des emplettes ridiculement réduites, un sou de carottes, deux sous de navets... M. Duval eût voulu que je devienne ce que timidement, modestement, il avait pourtant conscience d'être lui-même, un artiste. J'ai dit qu'il m'aimait. C'est que le pauvre homme avait trouvé en moi, si ignorant et si dénué que je fusse, ce qui lui manquait le plus, quelqu'un qui, dans cette petite ville méprisante, admirait, jusqu'à l'envie, ses occupations et son art, et ainsi le rassurât sur l'équilibre de son esprit. Après le cours, comme nous habitions le même quartier, nous revenions souvent ensemble par les rues noires. Il me parlait de sa jeunesse, de l'Ecole des beaux-arts, du dessin, de la peinture, et je faisais semblant de comprendre. Parfois, dans l'exaltation, il s'arrêtait et gesticulait sous un réverbère et je regardais ses grands yeux, tantôt clignotants, tantôt fixes et éclatants de bon chien malade. Si doux, si calme à l'habitude, il semblait alors un peu fou. Une fois, tandis que j'étais à l'usine, il fit visite à ma mère et tenta de la persuader que je devais étudier les beaux-arts. Il ne la persuada pas. Son propre exemple n'était guère encourageant. Alors par amitié et pour mieux montrer quel beau métier était le sien, il offrit de faire mon portrait au fusain, et quatre ou cinq dimanches après-midi de printemps, il vint prendre le café à la maison, après quoi il se mettait au travail. Ce furent des séances mémorables. Il dessinait, son carton appuyé à la table, assis entre l'évier et le fourneau. J'étais dans le grand jour de la fenêtre. Il travaillait une heure ou deux sans dire un mot. Une flamme partie de ses yeux bridés, presque fermés, derrière ses cils englués de cire, allait fouiller jusqu'au fond de moi-même, tandis que je m'appliquais à ne pas bouger. Après la pose, ma mère, mes tantes contemplaient les progrès réalisés depuis la dernière séance, l'oreille, l'aile du nez, le menton, discutaient de la ressemblance à laquelle l'amour qu'elles avaient pour moi les faisait beaucoup tenir. M. Duval leur expliquait en vain la différence qu'il y avait entre une photographie et un dessin, qu'une photo ne saisit que notre air d'un moment, tandis qu'un bon portrait révèle notre vrai visage, celui que nous composent les instants les uns après les autres et sur lequel même ils finissent par ne plus rien pouvoir, qu'il nous donne enfin notre air d'éternité. Ma mère entêtée continuait de demander si je n'avais pas les yeux un tout petit peu plus grands, le front un tout petit peu plus large. Le portrait achevé la laissa au fond pleine de doute. J'ai appris plus tard qu'elle était du sentiment de Pascal, s'étonnant, comme lui, qu'on pût employer tant de temps à reproduire ce qui est, et par comble inexactement. Alors M. Duval eut recours à une dernière épreuve.

Le bon homme ! Il m'emmena un dimanche après-midi chez lui pour me montrer son chef-d'œuvre, comptant que je ne résisterais pas à un témoignage aussi éclatant de la grandeur de l'art. C'était au second étage d'une grande maison du boulevard de la Gare. Je me rappelle mon émotion sur le seuil. Les parquets cirés m'émouvaient toujours. Nous entrâmes dans le vestibule. Il m'ouvrit tout de suite le salon, une vaste pièce presque vide où miroitaient sur le plancher, comme des bateaux sur l'eau, deux ou trois fauteuils, mais sur le mur du fond, devant moi, un petit tableau dans un cadre doré, un seul, régnait, tirait à soi tout de suite les regards. « Voilà », me dit M. Duval. Je regardais, j'étais, c'était clair, devant l'irréfutable. Je regardai longtemps, sans rien dire. Qu'eussé-je dit ? C'était, sur un fond très sombre, un visage avec une perruque poudrée, au-dessus de la tache bleue d'un habit, un portrait du petit Mozart, m'expliqua M. Duval, une copie qu'il avait faite au temps où il était aux beaux-arts. J'étais bouleversé par le parquet ciré, par ce silence de sanctuaire, par cette confrontation avec ce que je comprenais mal, surtout par la présence à mes côtés de M. Duval lui-même que je devinais appartenir à une autre espèce d'hommes que celle que j'avais jamais connue.

Mais je ne suis devenu ni peintre ni même professeur de dessin. Même, si la musique m'a donné le sentiment d'un autre monde, la peinture, je dois bien l'avouer, devant ce monde entrevu, n'a jamais fait qu'augmenter mon angoisse. Je prends bien garde à me taire quand je me promène dans les galeries d'un musée. Je me dis toujours que si l'on suspendait dans une salle cent médiocres tableaux, mais parmi eux, un seul authentique chef-d'œuvre, avec charge aux visiteurs de le distinguer, je n'accepterais pour rien d'être soumis à une telle épreuve, trop certain d'être confondu.

Mais je retourne à l'usine. Il devait arriver que mon patron découvre mon manège. Un jour que le travail ne pressait pas au bureau, je m'étais caché à la cave, derrière les machines à balancier, entre des sacs de talons entassés, et je lisais je ne sais quoi. Le patron se trouva avoir besoin d'un échantillon de talon et me découvrit assez confortablement assis sur un sac, un autre me servant d'accoudoir. J'étais pris. Il me fallut dire ce que je faisais là. J'expliquai franchement mon affaire. J'avais grand-peur d'être mis à la porte. Mais les choses au contraire tournèrent au mieux. J'ai dit que mon patron était un ancien professeur. Il fut intéressé par mon entreprise, et même, me sembla-t-il, un peu ému. Il me dit que désormais je n'avais plus à me cacher. A la condition que mon travail soit bien à jour, que je ne prenne jamais aucun retard, je pourrais lire librement sans que personne ait rien à me reprocher, chaque fois que le train du bureau me laisserait quelque loisir. On pense si j'en profitai. Par la suite, quand il passait près de ma table, il me demandait si j'étais content, comment allaient les mathématiques. Même, vers le mois de mai, il me fit appeler. Il baissa la petite trappe du judas, pour que nous soyons bien seuls, et, un peu gêné, m'interrogea sur les frais d'examen que j'aurais bientôt à payer. « Cela coûterait dans les quarante francs... Il était prêt à me faire une petite avance. » Naturellement je refusai. J'eus tort peut-être. Je crois qu'il me les eût volontiers donnés. Cet homme, après tout, était sûrement un bon homme. Mais la profession, la possession, la puissance, le vieillissement l'avaient déformé et durci : le patron m'avait chicané cinq francs par mois d'augmentation, mais l'homme, l'ancien professeur aurait eu de la joie à me faire cadeau de ces quarante francs, comme une dernière offrande à cet amour du savoir et de la vérité qu'autrefois, quand il était jeune, il avait connu, lui aussi.

C'est ainsi que je devins bachelier. C'était alors, en France, la première condition de toute carrière libérale. J'avais naïvement franchi la porte d'une citadelle. Les mères bourgeoises de mes anciens condisciples du collège m'admiraient et m'en voulaient tout à la fois d'avoir rattrapé leurs fils et gonflaient leurs jabots, quand elles me rencontraient. A tous mes camarades de l'usine je sentis que je devins suspect. Quoique je ne portasse jamais qu'un col en celluloïd, pour éviter des frais de blanchissage (mais, il est vrai, aussi une large lavallière noire qui devait annoncer à l'univers mon aptitude aux arts et mon génie), je fus rangé définitivement dans leur esprit parmi les cols-de-zinc, entendez parmi ces gens qui, engoncés dans un col amidonné, portant haut la tête, ne sauraient plus la baisser ni par tendresse ni par amitié.

UNE GRÈVE EN 1906

Le second bachot m'avait donné beaucoup moins de peine que le premier. Le professeur de philosophie du collège me prêta des livres et me donna des conseils et je dus à un malheur public de pouvoir travailler à mon aise. Une grève éclata et les usines furent fermées pendant trois mois. Je n'étais pas gréviste à proprement parler, puisque les employés, dont j'étais, devaient assurer, selon un accord entre les syndicats, une sorte de permanence dans les bureaux des usines, mais nous n'avions presque rien à faire, et je pus lire à mon plaisir.

J'ai souvent pensé que la plus grande et la plus émouvante histoire serait l'histoire des hommes sans histoire, des hommes sans papiers, mais elle est impossible à écrire. Ils sont passés comme des troupeaux d'ombres sur les chemins de la terre et l'on y chercherait en vain la trace de leurs pas. Ce qu'ils ont laissé tous ensemble, les monuments, quelque menhir, quelque temple, quelque pyramide, autorisent seulement le rêve. Les pierres nous aident à dater les siècles mais les maçons qui les manièrent n'ont pas d'âge, pas plus que les vastes terres défrichées, cultivées, la campagne humaine.

Cette grève de 1906 reste en moi comme la plus grande épreuve humaine à laquelle j'aie assisté. Je me suis souvent proposé d'en écrire l'histoire précise, détaillée, objective, rigoureuse. J'aurais aimé en faire un court récit sec et décisif. Je ne suis pas même parvenu à en rassembler les moyens. Ce n'est pas seulement que les bombardements ont détruit les archives de la ville et, comme m'écrit le secrétaire du syndicat, « le dossier complet, relatant tous les événements de cette époque héroïque et courageuse ». C'est que tout se perd de tels drames. Je ne me souviens que de fantômes dans la grisaille de l'hiver et de la pluie.

Pourtant, je l'affirme, c'était quelque chose de grand qu'une grève ouvrière en 1906. On n'en a guère l'idée aujourd'hui que la guerre entre les classes s'est en quelque sorte normalisée, réglementée. C'était une affaire de pain, bien sûr, mais autant une affaire d'honneur, un dur combat. On savait qu'on aurait faim. On prenait un effroyable risque. Fût-on vainqueur, quelque chose serait perdu : des journées de travail et de paie qu'il ne serait pas question de retrouver. Personne n'y eût même pensé, car cette perte et la souffrance qui en résulterait devaient être le prix même de la victoire.

Cette fois, ce ne fut pas une grève à proprement parler, mais ce qui, pour la conscience ouvrière, était pire, un « lock-out » décidé par les patrons. On commençait par la défaite et par la honte. On n'allait pas de soi-même à la bataille, on y était contraint. On était mis dehors. On s'entendait signifier qu'on était inutile et qu'on pouvait rester dehors, et cela jusqu'à ce qu'on eût assez faim et qu'on fût assez obéissant et sage.

L'industrie de la chaussure prenait de plus en plus d'importance. « La place », comme disaient les patrons, se développait. Mais les progrès des syndicats ouvriers les inquiétaient. Ils avaient, pour contrebattre leur influence, rassemblé avec l'aide des prêtres et des patronages les ouvriers timides récemment venus des campagnes et créé un syndicat jaune qu'ils manœuvraient. Ils choisirent bien leur temps. La chaussure est une industrie saisonnière. Les mois d'hiver sont les mois de plein emploi, et, par suite, pour les ouvriers, novembre, le mois de la plus grande espérance. Ce fut le moment où ils furent mis dehors. Un petit litige s'éleva au service de montage de la maison B... Il s'agissait de quelques centimes par paire. Le patron prétendait imposer des tarifs discutés et acceptés par le syndicat jaune. La majorité des ouvriers de l'usine s'y opposa. Les patrons très unis firent savoir qu'ils voulaient être fixés définitivement dès le lendemain à dix heures, et que, si les ouvriers de l'usine B... maintenaient leur opposition, toutes les usines seraient fermées. Les ouvriers de chez B... se réunirent ainsi que le conseil syndical, et il fut décidé qu'on n'accepterait pas les conditions des jaunes. On en avisa le président du syndicat patronal, M. D... Le lendemain matin, à sept heures, dans le jour embrumé de novembre, les ouvriers purent lire sur toutes les portes des usines la même petite affiche, un avis de fermeture dans un délai de huit jours, s'ils ne venaient pas à résipiscence. Alors l'honneur parla à tous de la même manière. On ne pensa plus au pain, au froid, à l'hiver, aux enfants, et, de tous les quartiers de la ville, les ouvriers montèrent à la Bourse du travail où, dans un grand meeting, on décida l'arrêt immédiat du travail, pour protester contre le lock-out généralisé, le chantage et la provocation.

J'ai sous les yeux quelques documents. Voici la dernière lettre adressée par le syndicat ouvrier au patron de l'usine où le litige avait éclaté et après laquelle le syndicat patronal décida le lock-out.

Monsieur B..., fabricant de chaussures,

Les opérateurs de votre maison, réunis ce matin, me prient de vous faire savoir qu'ils abandonnent le centime demandé pour les grandes claques en hommes ou en femmes : à part cette modification, ils maintiennent le tarif qu'ils vous ont présenté.

Agréez, Monsieur, l'assurance de mes meilleurs sentiments.

Pour la Chambre syndicale des cordonniers
Le secrétaire-adjoint :
JOUSSE.

De tels documents, à cause même de la technicité du langage, ne parlent à personne. Comment y reconnaître la peine des hommes ? Comment apprécier cet abandon d'un centime, si l'on ne sait pas que l'opération de montage était d'autant plus délicate que la claque, l'empeigne était plus grande, qu'il s'agît de souliers d'hommes ou de femmes? Il faudrait expliquer tous les mots. Qu'on sache donc que ce qu'on appelait « opérateur » en ce temps-là était un ouvrier monteur qui, avec quelques aides qu'il avait autour de lui, « montait » vraiment, à une machine Boston (ces premières machines américaines étaient célèbres et leurs opérateurs leur devaient une sorte de prestige), les chaussures, les unes après les autres, en en assemblant d'un coup toutes les pièces. Il tenait entre ses deux mains, contre sa poitrine, la chaussure sur une forme de bois et de fer, et la machine comme un lourd marteau, à un rythme régulier, tombant sur ses poignets, plantait d'un coup les semences ou les pointes et « affichait » et fixait la semelle. C'était le travail le plus pénible de toute l'usine. La poitrine des hommes ne résistait pas longtemps à ces secousses continues. On disait que les opérateurs mouraient de la poitrine, mais chacun pourtant avait l'ambition de le devenir. Ils avaient la meilleure paie et ils étaient environnés d'une sorte de gloire. Il était juste qu'ils fussent cette fois comme les protagonistes du drame.

La vraie question était pour le syndicat patronal de briser cette force ouvrière qui commençait de monter et de trouver sa conscience et son unité. La grande masse des familles, après quelques semaines, fut absolument sans moyens de vie, et ce fut une cruelle guerre civile.

Les chefs d'aucun des deux partis n'étaient des hommes mauvais, mais tout les opposait et ils ne pouvaient se comprendre. Le président du syndicat patronal, M. D..., était un ancien polytechnicien. C'était un homme savant et distingué. Il était incroyablement grand. On l'appelait le grand D... et sa taille, sa fortune, sa science l'avaient établi dans une autre zone d'air que celle où nous respirions. Il représentait dans la ville la tradition de la puissance. Son père avait une légende. Il avait été ouvrier en Amérique, s'y était enrichi, et avait créé à Fougères la première grande manufacture. C'était sur la plus vaste place, et face à la statue équestre du général de l'empire qui témoignait qu'en tous les temps les Fougerais n'avaient manqué ni de valeur ni de courage, une immense bâtisse de pierre blanche, de brique et de verre, à la mode de l'Amérique de l'époque, un vrai temple du progrès et de l'industrie. M. D... était inaccessible. Sa mère, la vieille madame D..., était, elle aussi, à peu près invisible. Elle habitait, au centre de la ville, un hôtel entouré d'un petit parc, tout enclos de murs eux-mêmes surmontés de tessons de bouteilles, qu'on devinait admirable. On s'arrêtait sous ces murs, au mois de mai, à en respirer les parfums. Le frère de M. D..., et son associé, nous était mieux connu. C'était ce dompteur de chevaux et ce chasseur dont les voitures nous émerveillaient. Il devait, dans la famille, représenter la fantaisie. Autour de M. D... siégeaient une trentaine de patrons. Quelques-uns très valables, le plus grand nombre bourgeois calculateurs et économes, habitués dès longtemps au profit sur le travail des autres, bons chrétiens sans remords et, selon leur compte, sans péchés, quelques parvenus récents aussi, qui avaient plus mauvaise conscience et se souvenaient encore assez bien de ce qu'était un centime pour savoir que, dans certains cas, leurs camarades de la veille seraient capables, pour lui, de se battre jusqu'à la mort, et qu'on leur faisait par suite un immense cadeau en le leur accordant.

En face de cette trentaine d'hommes unis par les intérêts, également savants sur les prix de revient, sur ce qu'on devait donner ou refuser pour que le profit fût sauf, retranchés dans leurs hautes maisons de la Grande-Rue, sûrs, quoi qu'il advînt, d'avoir chaud et de manger, polis, corrects et bien-disants (ils se plaignent amèrement, dans les documents, que leurs adversaires ne sachent pas même les formules de politesse, et ne manquent jamais, quant à eux, d'assurer les autres, au pire du combat, de leurs « sentiments distingués »), il y avait une foule ignorante et passionnée. Deux hommes la menaient et portaient toute la misère et tout l'espoir de huit mille ouvriers, hommes et femmes, qui leur avaient vraiment remis leur vie. Le secrétaire du syndicat des coupeurs, F..., était un petit homme tout rond, vif et entêté. Il trottinait par la ville, toujours pressé, absorbé et impénétrable. C'était lui qui en dix ans avait donné à ce syndicat des coupeurs (c'est la catégorie des chaussonniers qui coupent les dessus de la chaussure, tiges, quartiers et claques, et c'est une spécialisation difficile), constitué séparément, sa cohésion et sa puissance. Il les avait rassemblés tous, presque sans exception, un à un, comme les fidèles d'une nouvelle Eglise. Le syndicat des cordonniers était loin d'avoir la même solidité. Les paysans qui, à mesure que la place se développait, étaient venus de la campagne s'embaucher dans les usines, manquaient de qualification. La plupart gardaient leurs habitudes campagnardes et se méfiaient de la vie de groupe, de la discipline syndicale. Par suite, le syndicat des cordonniers était pauvre, et ses caisses de combat à peu près vides. Le secrétaire, M. G..., avait eu beaucoup de peine à rassembler ses ouailles. C'était un homme grand, un peu voûté, au visage ouvert mais gris et triste, une tête d'intellectuel, un haut front, des cheveux un peu longs, de ces moustaches fines et tombantes que, quelques années plus tard, je devais retrouver à M. Henri de Régnier, une large lavallière noire volant au vent. Le petit F..., secrétaire des coupeurs, eût fait plutôt penser à Sancho, M. G..., secrétaire des cordonniers, à Don Quichotte. Ces deux bons compagnons, s'aidant l'un l'autre, livrèrent la bataille. Ici encore les documents manquent. Des hommes de cette sorte n'écrivent guère: ils n'en ont ni le temps, ni le goût, et personne ne l'a fait pour eux, et n'a pris soin de noter les angoisses qu'ils connurent pendant ces quatre mois durant lesquels ils furent et se sentirent constamment jugés par les uns et les autres, selon les chances du combat, selon la misère alourdie ou l'espoir renaissant, amis ou ennemis de ce peuple qui les avait délégués, meneurs, bergers, tantôt adorés, tantôt détestés par le troupeau, mais chargés, quoi qu'il advienne, de garder la voie.

Donc les huit mille ouvriers se trouvèrent dehors et les bras ballants pour la journée entière, dans ces mois mêmes où d'ordinaire on travaillait plus que jamais, jusqu'à des onze heures par jour. Rien n'est pénible à qui habituellement travaille comme de ne rien faire. Les fins de semaine revinrent sans qu'il y eût jamais de paie. Les femmes commencèrent d'accuser leurs hommes de paresse. Les secours dérisoires distribués par les syndicats se réduisirent bientôt à rien. La chance était de découvrir un boulanger qui acceptât de vous vendre du pain à la coche, à crédit. Mais les tailles, au bout d'un mois, furent si longues, de vrais bâtons, qu'on n'obtint plus de crédit. Les châtaignes, cet hiver-là, plus que jamais furent une providentielle ressource. Tous les enfants coururent les vieux chemins et les firent sauter de leurs bogues à grands coups de sabot.

La ville devint triste. Son silence avait changé : c'était le silence de la peur. Il n'y eut d'abord aucun désordre. Les soldats restaient consignés dans leurs casernes, prêts à intervenir. Le syndicat ouvrier organisa des « soupes syndicales » dans la cour de la Bourse du travail. On avait monté une longue tente foraine, installé des lessiveuses transformées en chaudières. On distribua sept cents soupes les premiers jours ; et on en prévoyait trois mille. Mais je n'ai rien retrouvé qui permît de voir ce que fut le développement de l'institution. J'imagine que bien des gens sentirent devant elle la même honte qu'ils sentaient devant l'hôpital, où l'on n'acceptait guère d'entrer que pour mourir, et résistèrent, et préférèrent avoir faim aussi longtemps que cela leur fut possible. Ce n'est que moi, aujourd'hui, à ma table, devant de vieilles cartes postales qui représentent la préparation de la soupe à la Bourse du travail ou l'arrivée des charrettes de bois pour la cuire, qui puis trouver à tout cela de la grandeur et une sorte de poésie. La préfecture avait accordé au Comité de grève l'autorisation de couper du bois dans la forêt. Chaque matin, des hommes et des jeunes gens partaient à la corvée. Les retours, le soir, étaient magnifiques. Ils étaient une vingtaine qui tiraient avec des cordes la même charrette dans un grand élan joyeux en dépit de tout. Cette vaste forêt qu'au temps du bonheur on allait revoir les dimanches du printemps, ce lieu de toutes les promenades et de tous les songes, cette grande chose vague et libre, qui était là toujours au nord de la ville comme une ressource de force et de sérénité, voilà qu'elle était devenue le secours le plus utile dans cette vie primitive où la misère obligeait à revenir.

Deux fois, à la fin de novembre, la Chambre de commerce puis la Mairie proposèrent leur arbitrage. Les ouvriers reprendraient le travail aux anciennes conditions, mais les deux parties discuteraient de nouveaux tarifs dans les six mois à venir. Un référendum fut organisé. Les ouvriers, à une grande majorité, refusèrent de rentrer.

La famine s'installa dans la ville. La pluie, le brouillard de décembre en Bretagne. Un silence hargneux. Chaque usine était gardée à l'intérieur par les services de maîtrise et les employés des bureaux. A la porte un piquet de grève surveillait. On s'empoignait quelquefois entre jaunes et rouges. Le 5 décembre, les patrons firent distribuer par la poste des offres de tarifs et cette manœuvre provoqua des remous. Défilés dans la ville. Je vis pour la première fois des drapeaux rouges et des drapeaux noirs. Les enfants avaient faim. Diverses villes, Rennes, Paris, Laval, Saint-Nazaire demandèrent à les recueillir. Le 9 décembre, le secrétaire des syndicats de Rennes vint présider au premier départ. Singulière fête. La ville se vida d'enfants. J'ai voulu savoir ce qui, d'une telle aventure, après cinquante ans, aujourd'hui, restait dans l'esprit de ces enfants. « A la maison, m'écrit l'un d'eux, nous avions peu de chose à manger. Un jour, sans rien dire à mes parents, j'étais allé à la Bourse me faire inscrire pour le prochain départ, et j'avais pris, à la sortie de l'école, l'ancienne de mes sœurs pour que nous puissions partir ensemble. Pendant quelques jours, nous fûmes muets, mais, un samedi soir, deux hommes du comité de grève vinrent nous prévenir que nous partions le lendemain. Jamais je n'oublierai ce moment sublime où, contre la volonté de mes parents qui pleuraient, je partis. Nous allâmes à Saint-Nazaire. Sur la place de la gare des milliers d'ouvriers nous attendaient. J'avais l'habitude d'entendre chanter l'*Internationale*, mais, ce jour-là, avec mon petit paquet et ma piteuse mine, l'émotion était à son comble... » C'est ainsi que l'histoire, dans les mémoires, devient légende et forge les âmes.

Au bout de deux mois, la misère avait trouvé son ordre, son train, ses distractions. Les bagarres entre jaunes et rouges devinrent un peu plus nombreuses, mais on n'aurait pu dire que « l'ordre public » était troublé. Deux ou trois après-midi chaque semaine, des meetings avaient lieu sous les halles. Des députés socialistes, des militants syndicalistes (c'est ainsi que, pour la première fois, j'entendis Jaurès) parlaient. Ils développaient les thèmes d'une nouvelle religion, d'une nouvelle espérance, annonçaient un nouveau monde. On écoutait comme à la messe. Ces grèves tragiques du commencement du siècle, dans l'ignorance où étaient les masses qui les faisaient, furent comme de solennels sacrifices à un Dieu qui devait venir.

La grève de Fougères se développait désormais sous les yeux de toute la France. Le mercredi 9 janvier 1907 fut la journée la plus horrible. Le syndicat patronal, imaginant que les révoltés avaient maintenant assez souffert et que l'heure de la soumission était peut-être venue, avait décidé de tenter ce jour-là une réouverture des usines. Le gouvernement s'en mêla. Le préfet envoya quatre cents gendarmes. Le maire en eût voulu deux cents de plus. Les députés socialistes qui étaient venus pour les grandes prières rituelles télégraphièrent à Viviani et à Clemenceau pour protester contre ces mesures qui semblaient une provocation. De grands noms intervenaient dans l'histoire d'un obscur et anonyme malheur.

Le mercredi matin à neuf heures, toute la ville fut dans les rues : les grévistes naturellement qui avaient organisé des cortèges, mais aussi tous les autres, par curiosité. Sept cent cinquante-trois ouvriers se présentèrent et entrèrent dans les usines sous la protection des gendarmes. J'étais de toute mon âme avec les grévistes, mais un de mes plus lourds souvenirs est ce que j'ai pu voir ce jour-là, et aujourd'hui encore je me sens plein de chagrin à la pensée de quelques-uns de ces «jaunes» dont on eût dit qu'ils s'étaient mis hors de l'humanité. Il leur avait fallu du courage pour entrer. Il leur en fallut plus encore quand ils durent sortir, à midi. A la porte même de l'usine, les gendarmes les protégèrent. Mais ils avaient à faire tout le chemin de l'usine à leur maison. J'en vois encore deux ou trois, rasant les murs, courant la tête entre leurs mains, poursuivis ou coincés et arrêtés dans des embrasures de porte, et non pas battus, mais couverts de boue et de crachats. Le soir il y eut un meeting sous les halles et, puisqu'il n'y avait pas eu de sang versé, on se félicita de la victoire; mais la ville était pleine de douleur et de honte, et chacun chez soi pleurait. Le lendemain jeudi, il n'y eut plus que trois cents rentrées, et les patrons refermèrent leurs usines.

Les messieurs à gibus et à nom, les ministres de Paris commencèrent de dire que « la situation était révolutionnaire ». Elle l'était, parce que la blessure était désormais ouverte, parce que cette offense secrète qu'il y a au fond du cœur de tout homme qui gagne mal sa vie et celle des siens avait été réveillée et parce qu'on avait fait en sorte que les ouvriers de la petite ville ne puissent plus que se méfier les uns des autres et se mépriser. La municipalité démissionna. Le préfet prit la direction du service d'ordre et le renforça. On vécut au milieu des gendarmes. Clemenceau intervint, reçut diverses délégations de la ville. La Chambre des députés nomma une commission chargée d'enquêter et de proposer sa médiation. Le 17 janvier, les deux syndicats signèrent une sorte de convention : dans chaque usine le patron assisté d'un délégué du syndicat patronal et le représentant choisi par les ouvriers de chaque spécialité, assisté d'un délégué du syndicat ouvrier, devaient examiner les tarifs des diverses spécialités et, les tarifs fixés, le travail reprendrait. Les débats durèrent deux semaines. Le dimanche 10 février après-midi, en plein milieu de la ville, des jaunes et des rouges se chamaillaient. Un rouge fut tué d'un coup de revolver. Mais on devait rentrer le lendemain matin à sept heures ; et chacun ne pensait plus qu'à cela. Cet ouvrier qui donna sa vie à la grève, quand tout était fini, quand cela ne servait plus de rien, s'appelait Morice. Je n'ai pas retrouvé son prénom. Le travail reprit après quatre-vingt-dix-huit jours.

HISTOIRES DE LIVRES

Il n'y avait pas un livre dans la maison où je suis né, et me voici tout assiégé par eux. Ils traînent partout autour de moi, jusque sur le plancher. Ils ont tout envahi jusqu'à la cave et au grenier. Je les trouve toujours entre le monde et moi. A cela tiennent sans doute les embarras et les incertitudes de ma cervelle.

On ne gagne pas tout à avoir été de ces « piocheurs assidus » dont parle Shakespeare. C'est dans *Peines d'Amour perdues*: « La lumière se perd à chercher la lumière, dit Berowne, un compagnon du roi. Avant que vous trouviez où, dans les ténèbres, se cacha la lumière, la lumière qui est en vous parfois devient ténèbres par la perte de vos yeux. Etudiez-moi plutôt comment charmer vos yeux en les fixant sur de plus beaux qui, vous éblouissant, vous sauveront aussi, vous donnant cette lumière même qui vous aura ébloui. Que l'étude soit comme le glorieux soleil du ciel qui ne veut pas être fixé par des yeux insolents. Les piocheurs assidus ont toujours peu gagné, rien qu'une médiocre autorité volée aux livres d'autrui. Ces terrestres parrains des lumières du ciel, qui donnent un nom à toutes les étoiles fixes, ne tirent pas plus de profit des grandes nuits lumineuses que ceux qui simplement se promènent, ne sachant pas quelles elles sont. »

Quand j'étais enfant, les samedis, une voisine qui achetait la *Chronique* de la semaine nous la prêtait contre quelque autre petit service. C'était le seul papier qui entrât à la maison. Et la voisine nous recommandait bien de le lui rendre: elle en avait besoin pour allumer son feu. Nous n'y manquions jamais, et dès le dimanche matin. C'est moi qui le lui reportais. Les démons de l'imprimerie passaient ainsi tout juste une nuit chez nous et n'avaient pas le temps d'y faire grand ravage, seulement de nous souffler les nouvelles de la ville, les dernières morts, les dernières naissances, les vols de poulets et les querelles d'ivrognes. J'ai rarement vu mon père lire. Ma mère ou ses camarades lui résumaient le journal. Il se faisait dire les choses, les faits; après quoi il menait le débat. Avant ma quinzième année, je n'eus que mes livres de classe. Je n'ai jamais lu pour m'amuser. C'est monstrueux. De là peut-être ce manque affreux d'imagination où je suis. J'ai appris beaucoup trop tard pour y croire, et dans des livres de grandes personnes, qu'il est des fées, des femmes à queue de poisson, des nains, des géants. Je n'ai connu à temps ni Gulliver, ni Lilliput. Rien qui m'indiquât que la mesure de l'homme peut changer, simplement par sa fantaisie, par un décret de son esprit. J'étais enfermé dans notre monde, « notre cambuse », comme disait mon père. Si je rêvais, c'était tout seul, sans secours, les mains sur mes genoux, assis sur un tabouret près du bahut, bêtement et tristement sage.

J'oubliais: il y avait bien un livre à la maison. Ma mère me le montrait quelquefois, comme elle me montrait son louis de quarante francs. C'était son livre de première communion, un beau livre, ma foi, un missel couvert d'ivoire et à fermoirs d'argent, selon mon souvenir. Elle le gardait bien enveloppé dans du papier de soie, caché entre les draps dans l'armoire, comme un témoin de sa petite enfance, avant tous ses malheurs. Il y avait dans le même paquet un cahier rose et glacé, gaufré, enluminé de fleurs, sur lequel elle avait elle-même calligraphié des cantiques. C'était splendide. Mais ni elle ni moi n'avons jamais alors pensé qu'il y avait là une vieille sagesse, une tradition, des règles, de quoi durer et vivre. Ce livre avait cessé d'être un livre. Ce n'était plus qu'un bel objet d'autrefois sur quoi un moment s'attendrir. La vie en rayonnait peut-être mystérieusement sur nous, mais c'était comme de ces autres merveilles précieuses rangées sur le buffet et sur la cheminée, le petit christ noir, la vierge de faïence bleue et jaune, tranquille comme une bonne fermière, avec son enfant dans les bras, les fleurs en papier dans les verres de mariage, l'orange achetée à la Noël, qui, perchée sur le pied d'un verre retourné, lentement en pourrissant passait du jaune au vert-de-gris. Mais sa beauté même interdisait qu'on le touchât, pas plus qu'on ne devait manger l'orange.

Quand je fus à l'usine, je me pris pour les livres d'une véritable passion. Depuis elle ne m'a guère quitté: je n'ai plus cessé d'en acquérir et n'ai jamais pu me décider à en revendre un seul, si inutile, si mauvais qu'il soit, mais enfin désormais je les déteste ou les adore, je sais un peu ce qu'ils valent, de quelle comédie, de quelle foire ils peuvent être l'enchère et l'occasion pour ceux qui les écrivent et pour ceux qui les lisent; surtout je sais que les vrais livres sont rares. En ce temps-là je les aimais tous, je ne distinguais pas. Tout papier imprimé avait pris pour moi un caractère sacré. La question était seulement de découvrir celui qui, comme un talisman, me changerait soudain, ferait de moi un esprit, un roi de la vie et du monde. Il existait assurément. Il me fallait tout savoir et tout lire.

Je décidai d'avoir une bibliothèque. Je la vois encore. C'était une sorte de haut bureau de comptabilité que ma mère avait acheté dans une vente, avec des rayonnages qui montaient jusqu'au plafond, énorme, mal adapté à ma taille et à ce que j'en voulais faire. Quant aux livres, je fus aidé par le destin. Ma grand-mère maternelle était marchande de bric-à-brac, un peu chiffonnière et revendeuse. Ce fut une grande ressource. Je grappillai chez elle tout ce que je pus. Elle n'était point donneuse et se méfiait de ma science. Tout ce que je demandais devenait immédiatement précieux, mais elle finissait par me le donner, un peu inquiète seulement d'avoir lâché quelque trésor. Mais tout m'était bon. Je rangeais sur les rayons de mon comptoir mes découvertes, de pauvres livres sans couverture, dépareillés, dépenaillés, hétéroclites, qu'elle avait acquis au hasard et au poids du papier. J'inventais des classements nouveaux, prétexte à manipuler mes richesses. Toutes les disciplines étaient représentées, mais je n'avais pas encore grande idée d'une classification des sciences. L'art et mon souci étaient de dissimuler du mieux que je pouvais les taches, les déchirures, les dos cassés. Les éléments de géométrie d'Euler voisinaient avec des fragments d'un vieux traité de fortification, des pages arrachées de l'*Ethique* avec des romans de Modern Bibliothèque. Ma pièce la plus rare consistait en deux gros volumes rouges à qui l'amour et les soins de leurs lecteurs ouvriers avaient depuis cinquante années conservé leurs plats et leurs dos: c'était une édition populaire de l'*Histoire de la Révolution* de Louis Blanc. Mais la merveille était, sur le rayon inférieur, à hauteur de mes yeux, dans une sorte de niche que j'avais pratiquée entre les livres, une statue de plâtre que j'avais trouvée elle aussi dans le bric-à-brac de ma grand-mère, une Victoire sans tête. J'ai appris depuis que c'était un petit moulage de la Victoire de Samothrace. L'une des ailes était cassée, raccommodée tant bien que mal avec un fil de laiton. Elle était là pour la beauté.

Je n'ai plus ma petite Victoire. Un jour, les livres qui l'encadraient glissèrent. Elle tomba et fut tout à fait brisée. Mais j'ai toujours mes deux gros livres rouges, et je sais toujours où ils sont dans ce fatras qu'est devenue ma bibliothèque, et, quand je suis tout à fait égaré, un regard jeté sur eux m'aide, me semble-t-il, à retrouver la voie. Ils me parlent de ce temps où je n'avais pas un doute, où j'étais sûr que les livres libèrent. Cette masse de papier au-dessus de moi, je la sentais comme une réserve d'une puissance qui bientôt serait passée toute en moi, comme le vin remplit un verre vide. C'était la chose la plus simple du monde. Il y suffisait d'un peu de patience et de volonté. J'étais ivre d'espoir et sûr qu'un jour prochain j'aurais en moi de quoi changer la vie.

Ma mère se méfiait. Elle n'aimait guère ce qu'elle appelait mon capharnaüm. Elle eût bien toléré sur une planchette quelques livres qu'on prend ou qu'on laisse pour le plaisir. Mais ce tas de papier qui s'enflait toujours lui semblait monstreux comme une verrue ou une loupe qui finissent par envahir et défigurer un visage. Je m'y absorbais, je m'y perdais. J'en deviendrais malade. Je serais un « bourgeois », un « fainéant », un « fiérot », comme elle me disait en notre patois. Je ne me souviens pas sans chagrin de ces horribles scènes où tout l'amour qu'elle avait pour moi tournait en injures qui me blessaient parce qu'elles n'étaient pas sans fondement. « Fiérot? » Oui, je violais l'ordre du monde en n'acceptant pas de me soumettre. Devinait-elle cette déformation qui me menaçait, cette déshumanisation, ce détachement vaniteux, cette sorte de pourrissement satisfait dans lequel tant d'intellectuels mettent leur orgueil et qui les fait se croire les juges du monde quand ils n'en sont souvent que les spectateurs inutiles? Deviendrais-je moi-même tout papier? Déjà je n'étais plus son fils. Elle savait mieux que moi ce qui en était. Son cœur la renseignait avec exactitude. Cette passion des livres, du papier, que j'avais n'était qu'un moyen de m'évader d'une vie pour laquelle je sentais du dégoût. Je déserterais. Souvent, au comble de la colère, elle s'écriait :

– Tu peux bien lire et lire. Jamais, entends-tu, jamais tu ne parleras aussi bien que ton père.

Et, il est vrai, je n'y suis jamais parvenu. J'ai encore dans les oreilles sa prophétie et sa malédiction. « Parler aussi bien que mon père ? » Qu'entendait-elle par là et que serait-ce donc ? Ce serait n'être jamais une bête savante et vaniteuse. Ce serait ne jamais parler selon les livres, ce qu'on dit fût-il d'accord avec ce qu'ils enseignent, ne jamais déclamer, ne jamais bavarder, ne jamais réciter. Ce ne serait pas seulement ne jamais mentir, ce serait ne jamais parler par entraînement, par habileté ou par habitude, ce serait ne jamais échapper aux vraies questions et ne les jamais résoudre par quelque tour de langue, ne jamais substituer aux choses les vaines constructions d'une dialectique apprise. Ce serait ne jamais parler pour ne rien dire. Ce serait traiter les mots avec révérence, comme une autre forme des choses et du monde, comme un autre corps de la vérité. Ce serait parler un langage charnel et sanglant, jamais coupé de ses racines, nourri de l'inquiétude et de l'espérance. Ce serait être présent à toute la vie. Ce serait avoir cet accent propre, unique, inimitable qu'ont ceux-là seuls qui sont engagés de toute leur âme dans ce qu'ils disent. Que je nomme la rose, et que la rose fleurisse ! Que je nomme le printemps, et que le printemps éclate ! Que je nomme le ciel, et que le ciel s'ouvre ! Ce serait aussi je ne sais quelle profonde douceur, quelle gentillesse heureuse. Ce serait n'être soi qu'à force d'être tous les autres. Ce serait parler toujours pour et selon le salut terrestre de tous les hommes, pour qu'ils soient un peu heureux et gardent la liberté et l'honneur. Alors la vie peut-être changerait.

Mais quoi ? Les vrais livres ont-ils jamais enseigné autre chose ? Quiconque en a tiré d'autres leçons ne sut pas les lire. La rhétorique des simples est étrangement d'accord avec la rhétorique des sages. La rhétorique de mon père, si j'ose le dire, mais c'était, encore qu'il ne les eût jamais lus et ne connût pas même leurs noms, celle de Socrate, de Montaigne, de Descartes, de Pascal, de Voltaire, de Renan. Ma manie des livres et du papier ne lui était pas suspecte. Quand nous nous querellions, ma mère et moi : « Laisse-le donc, disait-il pour tout apaiser, il cherche. » Même, comme j'avais pris l'habitude de fumer pour me tenir éveillé la nuit à ma table, il m'offrit sur ses économies une pipe, et non pas une pipe de pauvre, une pipe en terre comme celles que je fumais d'ordinaire, mais une pipe de riche, une petite pipe d'écume à bout d'ambre. La fumer exigeait beaucoup de soin, m'expliqua-t-il, si je voulais qu'elle fût bien culottée. Ce soin me garderait les yeux ouverts et me ménagerait aussi le temps du rêve, car il fallait travailler, mais aussi rêver. Il y tenait. Il favorisait tous mes vices. J'ai donc « cherché », comme il disait. J'eusse été bien embarrassé si l'on m'eût demandé quoi. Mais je « cherchais » passionnément. Et si désormais, quelquefois, au milieu de tous mes livres, je ne sens qu'un mortel silence, c'est que j'ai vieilli et ne cherche pas bien. Mais en ce temps-là, je ne cessais d'entendre un grand appel. Il m'emplissait les oreilles, me jetait tout le sang à la tête, m'inondait de joie. Rien ne me paraissait plus vaste que mon cœur. Les livres ne font que rendre ce qu'on leur donne. Ils valent tout juste la volonté de délivrance et de lumière qui inspire celui qui les lit. Ils ne délivrent que ceux qui veulent être délivrés. Quand cet instinct nous quitte, alors c'est comme si le jardin des muses défleurissait. Les idées se fanent et se sèchent, et la vie de notre esprit n'est plus qu'un pourrissement vénéneux, une sorte de pestilence qui tourne en poisons les plus belles choses qu'il y ait au monde. Alors nous vivons des livres comme des fleurs les chenilles, en les tuant, en tissant autour d'elles ces fines toiles qui les enserrent, les emprisonnent, les dissolvent, si bien que là où s'épanouissait la rose, là où la sève de la vie et l'espoir de la lumière devenaient parfums et couleurs, il n'y a plus qu'un rameau flétri et la mort. Puissent la force et la grâce ne me manquer jamais pour lire comme je lisais autrefois ! Que les livres ne me soient jamais le moyen de l'oubli ! Puissé-je y chercher toujours la vie et la vérité, comme une ménagère, au matin, cherche le feu dans les cendres.

Dans l'instant même, il me semble les entendre qui papotent autour de moi. Ils sont là, le nez au mur, comme des enfants punis, mécontents. Ils m'écoutent divaguer et jugent peut-être ma rhétorique bien austère. Ils grognent qu'ils existent par eux-mêmes et trouvent que je ne fais pas assez grande la part du jeu. Ils ont raison peut-être... Les jours de paie, il arrivait que mon père se mît en retard. Nous l'attendions longtemps à la maison. Ma mère s'impatientait et finissait par m'envoyer à sa rencontre. Je le trouvais toujours dans le même café, à la même table, entouré des mêmes camarades. Il parlait, parlait. « Je viens, petit », me disait-il doucement, dès qu'il m'apercevait dans la porte, mais il achevait son histoire. C'était une histoire de tous les jours, mais il parlait comme du sien d'un royaume retrouvé. Je ne puis dire ce qu'était le silence autour de lui. C'est qu'il parlait comme un livre justement, comme un vrai livre. Le monde devenait un autre monde, transfiguré. Il faisait à ses camarades du « boniment » et il leur semblait qu'ils étaient heureux. Les vrais livres sont aussi ces transfigurations. Tout grand écrivain est aussi un bonimenteur admirable. Il peut bien quelquefois railler toutes choses, comme Hamlet: « Words ! Words ! », « des mots, des mots », mais en même temps il croit aux mots, fanatiquement, et sa conviction est qu'il transfigure, grâce à eux, même ce qu'il méprise. Il peut bien écrire: « La vie n'est qu'une ombre qui passe, un pauvre histrion qui se pavane et s'échauffe une heure sur la scène et puis qu'on n'entend plus... une histoire racontée par un idiot, pleine de fureur et de bruit et qui ne veut rien dire. » Il le dit mais ne le croit pas; il n'écrit que pour donner à la vie un sens.

Dans cette chambre haute, enfermé désormais avec mes rêveries, j'imagine quelquefois le voir sortir du mur où sont rangés tous les livres de tous les siècles, ce délicieux bavard. Je le vois vêtu comme un bouffon. Il parle, il chante. Il fait mille tours avec ses mots. Il s'amuse de son propre jeu. Il n'en finit plus et je ne souhaite jamais qu'il finisse. Il a un visage composite: c'est Socrate, Montaigne, Shakespeare, Molière tout ensemble. Il est sage et il est fou. J'écoute ses propos d'apparence seulement contradictoires. Il est capable de tous les tours. Il raconte, il démontre, il insinue, il tonne. Il a tous les moyens pour vous entrer dans l'âme. Vous n'êtes que séduit parfois, charmé, et vous n'avez que du plaisir. Mais quand il s'installe en vous vraiment, quand, ne serait-ce que pour un court instant, vous lui avez vraiment fait accueil, dans ce ravissement et cette plénitude que vous éprouvez soudain, c'est toujours la même chose qu'il vous dit, entre le sérieux et le sourire. Il dit que certain regard vous rend maître du monde, qu'autrement on ne fait que subir, qu'il faut oser voir la vérité, qu'il n'y a vraiment pas d'autre moyen de changer la vie et que toute sagesse n'est que ce regard et cette conscience.

LA DÉCOUVERTE DU LOGOS

J'étais donc bachelier ! Qu'allais-je faire ? Je ne le savais guère. Je savais seulement ce que je ne voulais pas. J'avais horreur des souliers, des usines et surtout de ma machine à écrire. Les professeurs devant lesquels j'avais comparu avaient été surpris par mon étrange livret scolaire et mon « curriculum vitae ». Ils durent attirer l'attention sur mon cas, et le proviseur du lycée de Rennes m'offrit une bourse dans son établissement. Je me crus sauvé. J'acceptai, et, après plusieurs années de vie ouvrière, redevins élève de l'université. Ces circonstances très particulières suffisent à expliquer les passions de ma vie, l'idée que je me suis faite de la culture, de la révolution, de toutes choses, peut-être devrais-je dire ma frénésie, mon égarement.

Je préparerais les grandes écoles, comme tous les boursiers. Mais laquelle ? Etais-je plus doué pour les sciences ou pour les lettres ? Je l'ignorais moi-même. On me mit à l'essai. Il fut rapidement clair qu'entre toutes les muses, Uranie surtout avait été pour moi très avare de ses dons. J'avais passé un baccalauréat scientifique par commodité, mais je n'entendais vraiment rien aux sciences, et je ne devais pas songer à Polytechnique. Encore que Clio, non plus, ni Erato, ni Melpomène, ni aucune des neuf sœurs qui président au beau langage ne parût m'avoir été spécialement favorable, on décida pour moi que je préparerais l'Ecole normale lettres, et je fus inscrit dans la classe de rhétorique supérieure. Je devins donc khâgneux, comme on dit. Etrange khâgneux qui ne savait ni le latin, ni le grec. Mais quoi ! je les apprendrais, l'un après l'autre. Je fus, durant des années, de ces bûcheurs que les esprits mieux faits et mieux nés méprisent. Si les muses ne m'aimaient pas, il est sûr que je les aimais, lourdement sans doute, avec les maladresses et les grossièretés d'un barbare, mais je ne fus jamais las à leur service.

Cette vie de pensionnaire où je trouvais la table mise, mon lit fait, sans que j'eusse jamais à me préoccuper de laver les assiettes ni de secouer mon matelas, un garçon à gilet rayé qui me cirait mes chaussures au moins une fois la semaine, où je dormais de longues nuits sans souci et sans remords du temps perdu, où je n'avais, à des heures réglées, qu'à suivre des cours et à travailler selon ma passion même, joyeux comme un aventurier devant une mer inconnue, cette vie surtout tous les matins gagnée d'avance, sans que j'eusse rien fait pour cela, sans que j'y eusse le moindre droit, me remplit d'abord d'étonnement. C'était comme si le monde avait soudain perdu sa consistance et sa solidité hargneuses, et quand, les jours de sortie, j'allais au jardin public, je me sentais gêné par ma légèreté. Il me semblait n'avoir plus sur la terre mon poids habituel. Parfois une pensée me traversait. Quand, à l'appel du tambour, nous nous mettions à table, je revoyais soudain ma mère, mangeant à cette même heure, sur le tablier même de sa machine, pour ne pas perdre une minute. Alors j'avais un peu honte. Ce réfectoire de lycée où j'étais m'apparaissait comme la salle à manger d'un palace. Sûrement ma mère avait raison: j'étais en train de devenir un bourgeois. Mais on s'habitue vite au bonheur, et cette vie de clerc, de jeune novice dégagée de toutes servitudes bientôt me parut douce. J'étais, pendant des années, resté malingre, j'engraissai soudain et grandis à vue d'œil.

Nous n'étions qu'une demi-douzaine de khâgneux, environnés dans ce lycée provincial d'un grand prestige. La chouette de Minerve était notre emblème. Nous avions tous la réputation, assez peu méritée, mais pourtant enivrante, de parler et d'écrire divinement. La foule bégayante des scientifiques avait recours à nous, quand ils étaient embarrassés par leurs compositions françaises, leurs « laïus », comme ils disaient. Nous ne devions suivre, chaque semaine, que quelques conférences et nous étions souvent libres. Nous restions seuls dans la salle d'études, sans surveillance. Nous travaillions, mais souvent, après nous être assurés que personne ne rôdait aux environs, nous donnions de petites fêtes. J'avais d'excellents camarades. L'un d'eux était poète et nous lisait Laforgue, Verlaine, Henri de Régnier. Un autre, qui est devenu un grand critique musical, jouait du violon. Je n'avais jamais connu pareilles délices. Je crains pourtant de n'avoir pas été avec mes camarades assez détendu ni assez gentil. J'étais mal à l'aise parmi eux. Pensionnaires, vieux collégiens, ils continuaient la vie qu'ils avaient toujours vécue, acceptaient docilement les jours après les jours, préparaient bonnement leurs examens, attendaient les vacances. Aucun d'eux n'était riche, mais même les plus pauvres d'entre eux, fils de fonctionnaires, d'instituteurs, n'avaient jamais eu à craindre les lendemains. Pour moi, j'avais grandi dans l'insécurité. Elle me paraissait être la règle même des choses. Je n'avais pas vingt ans, mais j'étais déjà un homme, j'avais déjà gagné ma vie, et cela changeait tout. Je ne parvenais pas à trouver tout à fait naturel d'être là où j'étais. Je préparais des examens, comme les autres, il le fallait bien. Mais au-delà de ces nécessités immédiates, je me sentais dans une extraordinaire aventure. Je me voyais jouir d'un privilège peut-être injuste. Chaque fois que je constatais mon ignorance et ma sottise, j'étais plus inquiet sur mon droit à être là. Les vacances, qui me replongeaient pour quelques semaines dans mon vrai monde, m'étaient une véritable épreuve. J'étais entre deux mondes, celui que j'avais quitté, où la vie n'était que la vie, et quelle vie ! l'autre, où je venais d'entrer et où la vie devenait pensée et plaisir de la penser, et je ne pouvais bien respirer ni dans l'un ni dans l'autre. Je n'ai jamais clairement pensé à une carrière. Ces examens que je préparais décideraient de ma vie matérielle, mais il ne s'agissait pas tant pour moi de devenir professeur ou quoi que ce soit que de parvenir à m'arranger avec moi-même et de réconcilier ce contemplateur que tout m'entraînait à devenir avec l'enfant barbare et avide que j'avais été et dont les souvenirs et les rêves jamais ne s'effaceraient. Cette culture, dont j'entendais désormais parler tous les jours, que valait-elle du point de vue de la fidélité humaine, que valait-elle pour le salut des hommes? Je ne me posais certes pas, alors, en termes si clairs, la question. Je ne sentais pas même le risque qu'il y avait à se laisser envahir par la manie de la pensée. Je ne fus longtemps qu'au plaisir de la découverte. Mais j'attendais de la culture ce qu'on attend d'une religion.

Je n'avais pas d'ambition, par la simple raison que je ne pouvais pas même me représenter ces fonctions, ces situations libérales et bourgeoises auxquelles la culture ou l'apparence de la culture conduisait. Mais je n'étais pas sans jalousie: j'enviais mes camarades d'être si à l'aise dans leur peau, quand j'étais si gêné dans la mienne, et je souffrais à me sentir si bête et si lourd au milieu d'eux dont la pensée habituée et agile se tirait si bien de tous nos exercices. Ils étaient joyeux. J'étais sombre et un piocheur imbécile. Mon père était toujours plus malade. Il arriva qu'on le transportât à l'hôpital de la ville même où j'étais. Il y passa toute une année. Tous les dimanches et tous les jeudis, sans en rien dire à personne, j'allais le voir aux heures de visite. Je me souviens de ces visites avec une sorte d'horreur. L'hôpital était dans les faubourgs de la ville entre la prison et une caserne. Je traversais des cours réservées à des femmes folles. J'entends encore leur jacassement pathétique, leurs cris vers le ciel vide. Et puis je suivais un long mur, à travers des chantiers, des tas de sable. J'arrivais dans le quartier des hommes. C'est là qu'était mon père. Souvent nous nous asseyions dans la cour sur un banc et restions toute l'heure presque sans parler. Il était tout à son mal, mais je lui tenais la main. Il riait, il pleurait. Je demeurais toute la semaine sous l'impression de ces heures effroyables, et quand j'aurais commencé d'oublier, retournais à l'hôpital pour retrouver le même sourire, les mêmes larmes... C'était de ces choses – chacun de nous en a dans ses souvenirs – qui font penser qu'on ne pourrait pas vivre si on avait tout le cœur qu'il faut. On ne vit que parce qu'on est dur. Je n'avais pas, je n'ai pas le cœur qu'il faut, et j'ai vécu. Mais je n'ai sans doute alors si frénétiquement travaillé que pour abolir le réel, la vie. Je fuyais devant elle. Mes livres m'étaient vraiment un autre monde. Je travaillais comme quelqu'un qui se venge et j'ai dû parvenir en ce temps-là à une dureté et une tension assez rares, à un égoïsme assez monstrueux. J'avais deux amis cependant. L'un était ce garçon qui m'avait si gentiment aidé à préparer le bachot et qui maintenant était étudiant à l'université. Il avait en ville une chambre où il me recevait et m'offrait du café qu'il fabriquait dans une de ces cafetières à ballon qui depuis sont devenues à la mode mais que, passionné de physique, il avait inventée. Il savait tout de ma jeunesse, de ma famille, je n'avais rien à lui cacher, et dans sa chambre je respirais à l'aise. Mon autre ami était taupin, pensionnaire et boursier comme moi. Il était bas breton, de Lannion, s'appelait Lhostis. Sa mère, veuve, était très pauvre. Tout nous rapprochait, mais il croyait en Dieu, et nous avons beaucoup raisonné et déraisonné sur la création en tournant autour de la cour. Il était socialiste chrétien, sillonniste. Il parlait de Marc[1], comme d'un nouvel apôtre en train de donner ou de rendre le Christ au peuple à qui les bourgeois l'avaient volé. Il était roux comme son Dieu, comme Jésus, le visage pâle mais tavelé. Il y avait en lui une tendresse éloquente qui vous bouleversait. Il n'était jamais las de vous réconcilier avec le monde dont il voyait pourtant toutes les misères. Ma révolte le désespérait. Un jour, il partit pour ne jamais revenir. J'ai souvenir qu'il m'écrivit une lettre qui ne finissaït pas pour le salut de mon âme. Elle était pleine de sévérité, dénonçait ma hargne, mes colères, mon égoïsme, m'expliquait qu'on ne doit pas, qu'on ne peut pas vivre en se vengeant de la vie, m'enseignait la douceur. Je ne répondis pas. Je tenais trop à ma dureté. Je ne suis plus sûr qu'elle m'était si nécessaire. La tuberculose l'emporta. J'ai cent fois recherché sa lettre et j'ai grand remords de l'avoir perdue.

Je vérifiai bientôt que j'étais affreusement ignorant. J'avais étudié quelques manuels, bachoté, mais la suite, le fond, le sens des choses m'avaient

[1] Marc Sangnier.

totalement échappé. Autodidacte, mon savoir était plein de lacunes qu'au reste je n'ai jamais comblées. On ne reconstitue pas seul le cours régulier des études, déterminé par l'usage et la tradition. Ces pédagogues amoureux jusqu'à la manie des choses qu'ils enseignent et qui répètent chaque année leurs explications et leurs plaisanteries sont irremplaçables. Ils n'oublient rien sur la route où ils poussent leur petit troupeau, aucune ruine, aucune pierre sacrée, aucun arbre magique, aucune fontaine. Il faut avoir refait en leur compagnie tout le chemin de l'homme pour le bien connaître. Je constate à tout moment que, pour ne les avoir pas apprises à temps, j'ignore les choses parfois les plus banales et les plus connues du folklore humain. Vient-on à en parler devant moi, je me rattrape comme je peux, comme un grimpeur qui a manqué un échelon d'une échelle. Et, par comble, habitué à travailler seul, j'eus la plus grande peine à m'habituer au travail régulier d'une classe. Il était trop tard – et dès que je fus libre de suivre ou non les cours d'université, j'en suivis peu. Ne me plaisaient et ne m'ont été vraiment profitables que mes propres ratiocinations et mes longues veillées solitaires sur les livres.

Je passe par-dessus les années. Au mois d'octobre 1910, mon père mourut. On l'avait ramené à l'hôpital de Fougères. J'avais échoué en juillet, au concours de l'Ecole normale, et, pour ne pas perdre l'année, étais en train de passer les examens de la licence de philosophie en même temps que je faisais dans le midi de la France un préceptorat. Je n'eus pas même le temps de bien souffrir. Je courus le voir entre l'écrit et l'oral. Il était seul dans une chambre, agonisait, tirait à soi, dans un terrible effort, ses dernières haleinées d'air et de vie. Il ne me reconnut pas. Je repartis passer l'oral. Je revins pour l'enterrement. J'étais reçu, et, avec mon succès, me sentais sordide. N'aurais-je pas dû le sacrifier à qui j'avais aimé le plus au monde, et rester près de lui? Tous mes parents, le « conseil de famille » se réunit et je comparus devant lui. Celui de mes oncles qui parlait le mieux prit la parole et me rappela à mes devoirs. Maintenant que j'avais un titre et pouvais gagner ma vie et celle de ma mère, je devais au plus tôt prendre un poste dans l'université. J'en avais bien souci ! Je pris le train de Paris. La famille qui m'avait occupé comme précepteur me logea généreusement toute l'année. Je donnai quelques leçons. J'obtins, à partir de janvier, une bourse d'externat à Louis-le-Grand. Dès lors, je marchai sur la voie banale et acquis tous les titres nécessaires à m'asseoir, un jour, dans ce fauteuil où me voici et où, tout compte fait, j'ai assez doucement passé ma vie. Mais je ne serai jamais tout à fait rassuré.

C'est à l'Ecole normale que je finis par découvrir la raison claire de mon tourment. J'avais déjà beaucoup erré par les jardins des muses, comme disait alors Anatole France, ce vieil humaniste attardé. J'y avais pris beaucoup de plaisir. Mais je n'étais sensible encore qu'aux grâces de la culture. Je n'avais pas senti ce qu'elle est dans sa force et son mouvement. J'ai conservé de ce temps-là quatre petits carnets noirs où, des livres que je lisais, je recopiais tout ce qui m'avait semblé le plus beau, des phrases, des images, des maximes, des poèmes. J'y retrouve de vraies belles choses, mais bien du médiocre aussi, fade et mièvre. Je n'avais pas trop bon goût. J'ajoutais, à mesure de mes lectures, des fleurs à mon bouquet, mais il me paraît aujourd'hui un peu fané et bariolé. Mais j'avais décidé d'apprendre le grec et pour cela de quitter la philosophie pour les lettres, et je m'étais mis à lire Platon. Je ne peux dire ce que cela fut. Qu'on imagine ce que c'est que de croire découvrir soudain le principe et la raison du monde ! C'est ainsi que m'apparut le *Logos*. Il était le dieu inconnu que je cherchais, et, depuis cette révélation, je n'ai plus cessé de le traiter comme une sorte de dieu en effet, l'adorant ou le haïssant selon le bien ou le mal qu'il me paraît faire aux hommes. Je dus à ma barbarie et à mon ignorance d'entrer dans le temple comme un néophyte, mais aussi bien de reconnaître tous les artifices de ce culte auquel j'allais être initié et de ses prêtres.

Je passai toute une année à lire presque uniquement Platon, d'abord avec quelle lenteur et quelles difficultés, puis, avec les semaines, toujours plus aisément. Sans souci du ridicule, j'avais repris un sujet déjà traité par un grand ancien de cette école où j'étais, Hippolyte Taine, et j'écrivais un essai sur « Les jeunes gens de Platon ». Je m'étais vraiment joint à leur troupe. Lysis, Ménéxène, Hippothalès, Charmide étaient, aussi authentiquement que mes cothurnes, Durkheim et Vaillant, qui travaillaient aux tables voisines, mes amis. C'était Ménéxène que j'aimais le mieux, à cause de sa gravité. Leurs propos précieux ne m'étaient pas du tout seulement l'occasion d'apprendre les formes des verbes en *mi*. Je m'amusais avec eux des ruses du langage, j'écoutais avec la même passion qu'eux-mêmes leur maître Socrate et j'éprouvais le même saisissement, quand, après dix questions dont ils n'avaient pas vu où elles les conduisaient et auxquelles ils avaient répondu naïvement, une dernière qui suivait toutes les autres, comme nécessairement, les mettait soudain devant leur âme ouverte, ses erreurs et sa confusion, pris comme des rats à leur sottise. Alors, un moment, tous ensemble, nous étions éblouis par la lumière. C'est ainsi que j'ai appris que la vérité était la grande affaire de la vie et pourquoi j'étais là où j'étais.

Logos, le même mot désignait le langage et la raison mais il s'en fallait pourtant qu'ils coïncident. Le *logos* était le moyen du mensonge et de la vérité, mais, au service de l'un ou de l'autre, sûrement la plus grande force dont disposaient les hommes. Il pouvait être la plus grande ruse ou la plus grande probité, et l'histoire humaine était celle de ses fourberies et de sa loyauté. Corax et Tisias, les premiers sophistes, avaient fourni le modèle de tous les marchandages : « Ou bien tu m'as appris à persuader, disait Tisias à Corax qui lui réclamait l'argent de ses leçons, et alors je dois te persuader de n'accepter aucun paiement, ou bien tu ne m'as rien appris, et alors je ne te dois rien. » Mais Socrate, lui, était mort pour s'en tenir à des paroles qu'il croyait vraies et pour qu'on ne distinguât point entre sa parole et sa sagesse. Tous ceux qui devenaient maîtres du *logos* me semblaient être les responsables de l'ordre et du désordre, de la justice et de l'injustice du monde.

Mes camarades de la rue d'Ulm n'ont heureusement pas soupçonné de quelles responsabilités je nous chargeais. J'étais très ridicule. J'avais vraiment pris notre affaire au sérieux. Des jours de printemps, dans cette cour carrée silencieuse que dominaient les bustes de tous les plus célèbres bavards de tous les siècles, quelles sombres méditations j'ai pu mener autour du bassin. Les poissons rouges, les Ernest, qui méritaient deux fois leur nom, ayant été mis là autrefois par un ancien directeur, M. Ernest Bersot et partageant désormais la placidité de notre actuel directeur, M. Ernest Lavisse, continuaient leurs croisières hasardeuses entre les nénuphars et les joncs. Je les admirais d'être muets. Je nous voyais dans un grand péril. J'apercevais désormais clairement que la rhétorique dont nous nous appliquions à connaître et à pratiquer les subtiles recettes n'était que la plus accorte, la plus experte bonne à tout faire que les hommes eussent découverte pour entreprendre, achever ou cacher leurs manigances, et nous risquions de n'être nous-mêmes que les valets de cette admirable servante. Une méthode, une règle de travail, un tour de main qu'on prenait ici vous rendait apte à tout, mais plus particulièrement à donner l'apparence de l'ordre au désordre, par le classement, voire l'élimination des faits trop laids ou trop embarrassants, par la stratégie, l'habile rangement en bataille des raisons et des arguments, et l'art de ne les faire paraître et de ne les engager qu'à point nommé, par l'invention des images qui brouillent comme il faut le réel ou le transfigurent, une manière comme magique d'abolir l'adversaire et de le perdre dans les ténèbres, par l'éloquence enfin et surtout par le pouvoir de toujours bien finir et d'allumer, au dernier moment, une aurore dont les yeux des pauvres gens à qui vous parlez demeurent longtemps éblouis. C'est ainsi que les avocats gagnent leurs procès, que les présidents de grandes compagnies rédigent leurs rapports et dressent leurs bilans, que les hommes d'Etat garantissent la prospérité de leurs peuples, que les diplomates font la paix. Et sans doute l'institution qui nous rassemblait, la loi qui réglait notre avenir prévoyait seulement que nous deviendrions professeurs et d'assez pauvres bougres destinés à végéter dans les provinces, à y représenter timidement l'esprit et à y perdre leurs cheveux. Mais ces fonctions mêmes, si modestes et obscures qu'elles fussent, ne me paraissent pas innocentes si nous acceptions de devenir complices, et si précisément nous étions les maîtres du *logos*, les propagandistes mal payés et un peu méprisés de cette fourberie générale grâce à laquelle le monde continuerait d'aller comme il allait. Au reste, j'en voyais à qui ne suffirait sûrement pas d'enseigner aux autres les moyens du commandement mais bien décidés à en user eux-mêmes pour eux-mêmes, à prêcher d'exemple si l'on pouvait dire et à s'emparer des places. La relève des maîtres était sûre de se faire. Jamais les conseils d'administration ne manqueraient de présidents, ni les peuples de ministres et d'ambassadeurs. Je nous voyais en passe de devenir de ces grands menteurs à la bouche bien fendue, à la longue mâchoire, à la voix solide, au menton autoritaire – la fonction finit par créer le visage, et Saint-Exupéry, à qui l'aviation fournissait de nouvelles images, me disait un jour de ces gens-là qu'ils avaient des visages sur lesquels on n'atterrit pas – joyeux, non pas méchants dans le fond, mais voraces et qui, en attendant de mourir d'un coup de sang, mènent tout, règlent tout, la vie, la mort des autres, avec entrain et bonne humeur.

Il était tel moment où toute la culture m'apparaissait comme un vaste filet jeté sur tous les hommes pour qu'ils ne bougent pas ou bougent le moins possible, et je la haïssais de toute mon âme. Ce n'était qu'une sophistique qui devait les rendre plus faciles à gouverner. Quand, dans le *Gorgias* de Platon, je rencontrai Calliclès, si sûr d'avoir droit « à la plus grosse part », au commandement, à la tyrannie, par cette autre certitude qu'il a, le jeune imbécile, d'être né « fils de roi », alors je connus quel serait toujours parmi les hommes de mon temps mon véritable ennemi : celui-là qui se croit « chef » par sa seule naissance et pour qui l'ordre du monde, sa morale et sa politique ne peuvent être que celles qui assurent toujours son propre avancement. « Chef », ce petit mot-là avait de l'avenir dans les années 1910. J'avais de ce jeune faraud, si préoccupé de n'avoir point d'égaux, qui commençait de pulluler boulevard Saint-Michel, une sorte d'horreur et de dégoût. Très sûr que « l'avenir de l'intelligence » était entre ses mains, il n'en était encore qu'à manier la canne et la matraque et à décerveler les flics de la « gueuse », mais lui et ses émules dans toute l'Europe devaient par la suite prouver qu'il n'y avait pas, dans cet ordre, de limite à leur savoir.

Ce mépris aurait dû me rejeter dans la politique inverse. C'est pourtant ce qui n'arriva pas. Il y avait à l'école une section socialiste. Je ne m'y inscrivis pas et répondis mal aux gentillesses de notre bibliothécaire, Lucien Herr, à qui le tour de ma vie avait fait espérer en moi une facile recrue. C'était un homme généreux mais autoritaire. Dès qu'il m'entreprit sur la vie ouvrière, j'éprouvai une gêne qui m'ôta toute parole. Je comprenais mal qu'il la connût mieux que moi et en parlât avec tant de certitude, et j'admirai qu'on pût réduire en un système et quelques propositions si bien liées cette vie obscure où les miens et moi avions tant de peine à nous orienter. Il fallait qu'on me laissât le temps et que j'aille de moi-même à ces théoriciens que d'ailleurs, plus tard, je devais lire passionnément. Pour l'instant je trouvais ridicule qu'on prétendît m'expliquer si simplement à moi-même. La vérité en moi, une vérité à propos de laquelle au reste je n'étais pas prêt à transiger, me semblait plus confuse et plus difficile. Je ne comptais guère sur les économistes ni sur les sociologues pour m'en donner raison.

Herr n'insista pas et ne m'en voulut pas de mes réticences. Nous n'en parlâmes plus. Sans doute me jugea-t-il tout à fait inapte à l'action et au combat, et ce n'était pas, après tout, si mal voir. Il me laissa à moi-même. Quand j'allais à sa table, au fond de la bibliothèque, son dur visage s'éclairait. Il savait tout ce qu'on peut savoir et, quelles que fussent nos curiosités, nous guidait avec la même sûreté. Cet homme rude qui avait l'air d'un colonel de cavalerie me traitait avec une bonté cordiale. Il me procurait des leçons, des tapirs. Il était entendu que nous servions, sans nous le dire, la même cause, je ne dis pas le même dieu, parce que ce seul mot lui eût fait lever le cœur. J'étais comme un pauvre lévite sans doctrine auprès d'un père d'une nouvelle Eglise.

J'avais tant rêvé d'une bibliothèque: j'étais au comble de mes vœux. L'Ecole normale, c'était un groupe de jeunes garçons, amis et camarades, autour d'une bibliothèque, l'un des plus grands tas de papiers de Paris, au fond de la cour des Ernest, au premier étage, des kilomètres de rayonnages à double rangée au long desquels on se promenait monté sur une échelle à roulettes qu'on faisait avancer à grands coups de reins, un labyrinthe où il y avait tant de plaisir à se perdre, de la lettre h à la lettre phi, du quartier de l'histoire, de toutes les histoires, au quartier de toutes les langues, au quartier de toutes les littératures, au quartier des philosophies, des innombrables philosophies, et où l'on se perdait en effet inconsciemment, délicieusement, au hasard des désirs, mené par la curiosité de livre en livre, sans plus aucun souci d'Ariane et de son fil, du fil qui vous eût rattaché à la vie mais que, par distraction, enivrement, on avait laissé, du haut de l'échelle, tomber à terre. Herr, assis sur un haut tabouret derrière sa table, régnait sur ce monde pour nous mystérieux mais pour lui sans énigme, sur ces nuées désormais pour lui sans orage mais où nous entendions encore tous les tonnerres de tous les dieux. Voix de l'Orient, voix de l'Occident, toutes vous parlaient à la fois, toutes les sagesses, tous les appels retentissaient entre le plafond et cette plate-forme, au haut de l'échelle sur laquelle vous vous trouviez juché, et vous recommandaient pour les hommes qui se traînaient dans les ténèbres inférieures chacune leur chemin. Herr, le grand-prêtre, avait un acolyte que j'admirais à peine moins que lui dans le garçon de bibliothèque. Commis d'économat, il avait été promu, depuis des années, de la cuisine à la bibliothèque, du graillon au papier. C'était un petit homme noir, frétillant, à longues moustaches tombantes, avec de longs cheveux qu'il lissait soigneusement au-dessus d'un front largement découvert. Il s'était fait une tête, par respect de l'intelligence et de son métier. Il portait une longue lavallière. J'avais bien des raisons de l'estimer. Il était plus breton que moi-même, Breton de Locquirec, je crois, mais surtout j'étais touché par son amour des livres. Il était à tous notre guide, et quand nous ne nous retrouvions plus dans les dédales du labyrinthe nous orientait. Lui demandiez-vous : « Eh ! Quéré ! le S. Phi 164, in-12 ? Je ne le trouve pas. » La réponse venait tout de suite avec un sourire : « Ah ! le petit Epictète ? Il n'est pas sorti. Quatrième salle à gauche. Deuxième casier. Troisième rangée du haut : un petit livre bleu. Prenez-en soin. Un de ses plats est abîmé. » C'était admirable. Nous étions dans la même passion et la même chance. Peut-être croyait-il un peu plus fort que moi encore que tout livre est une parcelle de la vérité. Il la posséderait tout entière quand il saurait par cœur toutes les cotes. Il en avait pour la vie. La retraite lui serait pénible qui l'obligerait à laisser derrière lui inconnus certains entrelacs du labyrinthe, les moins fréquentés, ceux où, faute de curiosité, et parce que, docilement nous nous définissions ce qu'on doit connaître par le programme de nos examens et de nos concours, nous ne lui demandions pas de nous guider. Dans cette magnifique « librairie » de Prospero, Quéré et moi étions, quoique à des points différents de l'initiation, les mêmes Calibans éblouis.

J'achevai de me perdre dans les livres. Je finis par préférer la pensée à la vie, et, ainsi sans doute suis-je devenu cet ouvrier indiscipliné de ce qu'on nomme la Révolution. Je fus longtemps dans une crise d'angélisme. Je méprisais, je haïssais le monstrueux usage que d'innombrables menteurs font du *logos* pour justifier le monde comme il va, mais le *logos* lui-même, je l'adorais. C'était toute ma religion. J'avais un peu oublié la misère, la faim, le travail. Je me définissais la Révolution pour tous les hommes par l'effort que j'avais moi-même accompli. Elle consistait à amener chacun à penser sa vie. Que cette vie fût heureuse ou malheureuse ne m'importait pas profondément, depuis que la table était mise pour moi tous les jours. J'étais ivre de ma révolte. J'étais convaincu que je ne serais plus jamais soumis au monde. J'étais en possession de la règle des règles: c'était qu'il faut toujours commencer par dire non. C'était la première démarche du *logos*. Certes, il ne s'y tenait pas. Il advenait qu'il vous conduisît lentement, prudemment à un oui. Mais ce oui n'avait lui-même rien d'une soumission résignée. Il était une révolte encore, une recréation de la création, la marque de l'homme sur l'épaule de l'univers expliqué et asservi. Je ne doutais pas d'être libre. Et pourtant je n'étais pas heureux.

Ma chance m'était intolérable. Je me définissais les hommes, tous les hommes comme des esprits et je ne pouvais supporter que justice ne leur fût pas rendue et que tant d'entre eux fussent laissés aux ténèbres. La petite chose que les circonstances de ma vie m'avaient révélée, la petite certitude invincible dont je ne reviendrais plus jamais, qui réglerait tous mes rapports avec les êtres et les choses, ferait mes vertus et mes vices, mon entêtement et mes manies, c'est qu'il y avait un droit à la vérité devant lequel tous les esprits étaient égaux, et c'était le premier des droits. Cette foi n'était en moi que le produit d'un atavisme plébéien. Elle était la foi de mon père. L'âme des pauvres gens était encore, en ce temps-là, illuminée par la conviction instinctive que les hommes ne peuvent se sauver que par la vérité et dans la vérité. Le machiavélisme semblait un privilège de bourgeois et de riches que l'on méprisait. Il ne fût jamais venu à aucun pauvre la pensée que le mensonge pût être nécessaire au salut du monde, que toute la tactique de la Révolution dût être fondée sur la ruse et la violence. Un esprit d'homme veut être respecté: il n'est pas de plus grand crime que de lui rendre la vérité suspecte. Je crois toujours naïvement qu'elle est comme l'eau-mère où l'esprit se forme et grandit comme un cristal.

C'est vers ce temps-là que je lus pour la première fois l'*Avenir de la Science*, de Renan, et je n'ai plus cessé de le relire. J'en avais trouvé à acheter un exemplaire d'occasion déjà assez défraîchi avec une fausse couverture, sans titre, recollée sur l'ancienne pour la consolider. Il est maintenant dans le plus lamentable état, tout débroché, mais j'y tiens comme à un fétiche. Il n'est jamais bien loin de moi, non un autre d'une plus belle édition. C'est son texte que j'aime relire, en lui que j'aime contempler ces mots imprimés à la première page en lettres capitales: UNE SEULE CHOSE EST NÉCESSAIRE. A ces heures obscures où nous sentons en nous le besoin des eaux lustrales, je compte sur lui pour me rendre quelque pureté. La première fois que je rencontrai, dans la préface, ces paroles ironiques et tendres par lesquelles le vieux Renan désigne le jeune homme qu'il avait été: « Un jeune homme vivant uniquement dans sa tête et croyant frénétiquement à la vérité » ah ! certes, je ne sentis pas l'ironie, mais rien que la tendresse, et je fus plein pour ce « jeune homme » d'une admiration envieuse. Et quand, dans le texte même de cette confession enivrée, je découvris ces phrases: « Si la culture intellectuelle n'était qu'une jouissance, il ne faudrait pas trouver mauvais que plusieurs n'y eussent point de part, car l'homme n'a point de droit à la jouissance. Mais du moment où elle est une religion, et la religion la plus parfaite, il devient barbare d'en priver une seule âme », je reconnus ma foi. C'est dans ce « vieux Pourana » que j'ai trouvé, pour moi, l'ordre de mon monde, appris à travailler et à servir selon mes forces une vérité dont le caractère toujours provisoire m'avait d'abord semblé intolérable, compris que la modestie peut être la plus profonde des joies et une façon comme religieuse de s'accorder avec l'univers. S'il me faut l'avouer, il ne m'était pas indifférent que ce « jeune homme » fût breton comme moi-même. J'y trouvais un encouragement. Je voyais bien que la vraie force me manquerait toujours, mais on peut n'être que frère convers dans un couvent dont tel autre est abbé. La vocation, du moins, est la même. Je ferais, à mon rang, ce que je pourrais, de toute mon âme. Renan, vieillissant, non par dilettantisme, comme on a pu dire, mais bien au contraire, par un dernier mouvement de sa foi, supposa, un jour, que « la vérité pouvait être triste ». Il ne pensa jamais qu'on en dût moins l'aimer. Cette hypothèse même, puissé-je ne jamais pouvoir la faire. La vérité, quelle qu'elle soit, ne peut pas être triste, si toute joie est dans le mouvement même de l'âme qui la cherche et la pense.

Ainsi suis-je entré dans le monde de la culture. Certes je gardais mon impatience de la justice et le *logos* me semblait la meilleure arme de notre combat. J'espère n'avoir jamais perdu le sens prométhéen du savoir. Je ne suis pas sûr cependant de ne pas m'être, dans les couloirs de l'Ecole normale, un peu engourdi. Je me suis habitué peut-être, sans seulement y penser, à avoir, non pas mon âge, mais l'âge de cette culture que j'acquérais. Trois mille ans. C'est un âge. Il arrive, dans de telles conditions, que certaine alacrité vous manque parfois et que rien ne vous paraisse plus tout à fait neuf sous le soleil, si bien qu'on n'en est plus émerveillé ou offensé autant qu'il conviendrait.

Je n'en étais pas là encore heureusement. Quand, pour les vacances, je revenais à Fougères, j'éprouvais une gêne de plus en plus insupportable. Après quelques jours, j'aspirais vite à repartir. Je cherchais des préceptorats. Je retrouvais ma mère à son travail, à ce travail que j'avais refusé. Je sentais que j'aurais dû l'en libérer, elle aussi, mais c'est ce qu'elle n'acceptait pas. « Je ne mangerai jamais de ce pain-là, me disait-elle. » Vainement la suppliais-je de travailler moins, seulement pour sa distraction. Alors elle me répondait que j'avais honte d'elle, et il y avait des jours où elle le croyait vraiment et appelait la mort. C'est pitié comme on sait bien souffrir et quels ridicules prétextes on en peut trouver. Pendant des années, j'ai vu se reposer l'histoire du chapeau. Ma tante Madeleine qui, comme ouvrière en robes, portait toujours un chapeau, conseillait à ma mère, quand nous allions en ville, de mettre, elle aussi, un chapeau, comme pour me faire honneur, et je ne suis pas sûr que cela ne m'eût pas fait plaisir à moi-même, tant on peut être bête. Un chapeau, un jour de semaine, sur la tête d'une piqueuse, eût été le signe d'une extraordinaire promotion bourgeoise. Mais ma mère n'y consentit jamais, et je devais marcher près d'elle, « en cheveux », comme une ouvrière têtue et fidèle qu'elle était.

Mais quelquefois, les soirs d'été, quand le travail ne pressait pas (l'industrie de la chaussure est saisonnière et les mois d'août et de septembre sont des mois vides), je faisais à ma mère et à ma tante Madeleine des lectures des derniers beaux livres que j'avais rencontrés. On faisait place nette sur la table de la cuisine, on frottait avec soin la toile cirée et j'ouvrais mon livre comme une bible. Une fois, je me souviens, je lus des fragments d'un petit livre de Charles-Louis Philippe qui venait de paraître: *La Mère et l'Enfant*. C'étaient les pages sur le pain. Il me fallut les relire plusieurs soirs. « On était, me dit ma tante Madeleine, comme à la messe. » Elles pleuraient toutes deux, et moi, les mots me restaient dans la gorge. Elles ne comprenaient pas qu'avec ce qu'elles vivaient tous les jours on pût faire quelque chose de si beau. Elles voyaient leur vie comme elles ne l'avaient jamais vue. Leur surprise me réconfortait, me rassurait. Peut-être les livres et les hommes de livres n'étaient-ils pas, après tout, si inutiles.

PLONGÉES DANS LE MONDE

Dès que je fus assez savant, je fis monnaie de mon savoir. Je donnai des leçons. La clientèle bourgeoise en demandait beaucoup en ce temps-là aux élèves de l'Ecole normale. C'était la plus grande source de nos revenus et je souhaite à nos jeunes camarades qu'elle ne se soit pas tarie. On connaît ce petit animal à l'air un peu niais et hagard, dont le nez finit en trompe fouisseuse, le tapir. La vanité ne nous manquant pas, c'est son nom que nous donnions, comme générique, à nos élèves. J'ai eu de tapirs un véritable élevage. Je faisais mon travail consciencieusement certes, mais je n'ai jamais cru beaucoup à son efficacité. Tels étaient mes souvenirs qu'une certaine espèce de mes élèves devait m'être suspecte, et j'avais peu d'estime pour ces jeunes paresseux qui, toute l'année, avaient mis souvent tout leur honneur à refuser la manne même que j'avais tant enviée, que leurs maîtres généreusement leur avaient distribuée, et qui, brusquement avides et goulus, espéraient, en quelques semaines s'engraisser tout juste autant qu'il le fallait pour l'examen. Ils vous traitaient quelquefois comme des clients un fournisseur. C'était heureusement assez rare. Mais je supportais mal que ces choses que j'aimais et dont je leur parlais ne fussent à leurs yeux et aux yeux de leurs parents qu'une denrée comme une autre. L'heure où l'on me donnait mon argent à la fin du mois, comme au cocher et au valet de chambre, me mettait toujours mal à l'aise.

Mais mes expériences furent souvent heureuses; je garde de quelques tapirs de très bons souvenirs. Je faisais mon apprentissage de professeur, et je découvrais que ce métier dont je vivrais et auquel les hasards bien plus qu'un choix délibéré m'avaient conduit était un des plus grands métiers qui soient. Il impliquait un grand acte de foi dans l'intelligence humaine. C'était même la condition de tout. C'était un art difficile, assez ingrat à pratiquer, parce qu'il exclut la vanité. Tout se passe entre les murs d'une chambre, entre esprits, modestement. Mais je sentais que j'aurais toujours un extraordinaire plaisir à tisonner dans les cervelles.

Ces leçons me furent l'occasion de mes premières plongées dans le monde. Je ne puis dire ce qu'elles eurent pour moi parfois d'étrange. Ces maisons de riches, comme il y en avait encore il y a quarante ans, ces maisons heureuses et innocentes de gens qui, sans y penser, gagnaient leur pain à la sueur du front des autres, ces hautes maisons aux vitres étincelantes que naïvement je croyais protégées par je ne sais quel paratonnerre contre tous les hasards de la vie et dont, bien sûr, les longs et impénétrables rideaux de tulle ne cachaient que le bonheur, il me semblait, quand je sonnais à leur porte, tomber dans quelque autre planète. Les circonstances m'ont plusieurs fois fait entrer, comme tous les donneurs de leçons, dans des aventures analogues à celles de Jean-Jacques ou de Julien Sorel. Mais tandis que leur génie même les entraînait à les mener jusqu'au bout et à tous risques, une prudence un peu basse et hargneuse m'a toujours arrêté à temps. Je me souviens avec plaisir d'une petite princesse russe ou polonaise, je ne sais plus, à qui j'appris à faire des vers. Que n'aurais-je enseigné ! A vingt francs l'heure ! C'était boulevard Berthier. Quand j'arrivais, un premier valet me prenait à la porte et me conduisait jusqu'au pied d'un grand escalier. Là un second valet s'emparait de moi, montait devant moi cérémonieusement comme pour m'apprendre à monter les marches sans me prendre les pieds dans le tapis. Un troisième me recevait sur le palier du premier étage et m'ouvrait la porte d'un petit salon tout doré où il me laissait seul, après m'avoir invité à m'asseoir et à attendre. Le temps d'épousseter mes souliers qui soudain me semblaient sales, et la petite princesse apparaissait, tout blonde et peu habillée. Je la trouvais très belle. Elle devait être un peu plus jeune que moi, avoir dans les vingt ans. En entrant, après m'avoir serré la main, elle sautait sur son divan, comme une chatte, s'y pelotonnait, et pour la commodité de notre travail, m'invitait à m'asseoir près d'elle. Mais je n'osai jamais. J'étais plein de vertu et au-delà du désir. Je demeurai dans mon fauteuil à oreillettes. Elle m'offrait des cigarettes comme je n'en avais jamais vu, de longues, longues cigarettes, montées sur un petit fuseau de carton. Nous corrigions ses œuvres de la semaine, des contes généralement inspirés du folklore de son pays, ou des poèmes. Nous ramenions ses vers à l'exacte mesure qu'elle avait tendance à dépasser. Je lui enseignais les périls que font courir l'hiatus ou l'e muet au pauvre poète français. Et puis, pour l'exemple, je lui lisais et commentais les derniers vers à la mode que moi-même j'avais aimés. Ils n'étaient pas toujours des meilleurs. Mais je lui en aurais lu tout le jour, sans regarder ma montre et gratuitement. Je lui prêtais mes livres. J'en étais à ce moment-là à Charles Guérin, au *Cœur solitaire*, au *Semeur de Cendres*, je lisais d'une voix tremblante de sincérité :

Je voudrais être un homme ; or rien dans mes poèmes
Ne répond au sanglot de la détresse humaine

. . . .

Hélas ! c'est vrai, Messieurs et Mesdames, c'est vrai.
Donnez-moi le génie âpre qu'il me faudrait
Pour labourer profondément vos cœurs secrets...

Ces évocations de la détresse humaine rendaient la petite princesse toute contente, et moi aussi. Nous nous sentions ensemble pleins de bonté. La leçon finissait. Souvent, en sortant, j'apercevais trop près de la porte, en train de fuir, le dos tourné, le prince, son mari, une longue ombre blanche qui avait dans les quatre-vingts ans. J'étais agacé, et une fois je fis à la petite princesse elle-même une scène ridicule. J'avais croisé le vieil homme sur le palier en arrivant, l'avais salué, et il ne m'avait pas rendu mon salut. J'expliquai violemment à mon élève ce qu'on devait à ma roture... La guerre survint. Je lui avais prêté le *Semeur de Cendres*. Elle ne me l'a jamais rendu.

Il y eut aussi ce préceptorat que je fis à Agay, et mon premier grand voyage. (Mais ç'avait été plus tôt, quand j'étais encore en Bretagne.) Le député de ma petite ville m'avait procuré la place : il s'agissait de préparer un jeune garçon, à peine moins âgé que moi, le fils d'un peintre, au baccalauréat de philosophie. Je n'avais jamais encore quitté mon pays, rien vu que ses landes et ses bocages sur lesquels courent les grands vents monotones. On n'imagine pas à quels rêves ces seuls mots « côte d'azur » pouvaient alors convier des Bretons. Mon père était en train de mourir à l'hôpital de Fougères. Mais rien ne pouvait me retenir. Il me fallait, au reste, gagner ma vie. Je partis. Je ne pense pas que jamais tant de choses et de si grandes m'aient été révélées en si peu de temps. Je n'ai peut-être jamais vécu vie plus ouverte, plus généreuse et plus haute, et les gens qui me recevaient n'ont sûrement pas mesuré tout le bien qu'ils m'ont fait. Et d'abord, je découvris le soleil. Depuis, il m'a toujours semblé ne l'avoir jamais vu auparavant. Ce fut exactement entre Avignon et Aix, un jour de juillet, vers les cinq heures du matin. Je fus soudain réveillé par une grande lueur orange qui, derrière mes paupières, m'emplissait la tête. J'assistai au lever du soleil le plus classique qui fût. Mais rien ne manqua ce matin-là de tout ce qu'il fallait pour composer un chef-d'œuvre, soit que les choses y fussent réellement, soit que la fièvre de mon espoir les mît en place justement où et quand il fallait. Je n'avais jamais encore été si présent d'esprit et de cœur au réveil du monde. Le train pressé et bête roulait par la plaine éclatante. J'entrevoyais des arbres aux silhouettes claires, au feuillage étincelant et que je n'aurais pu nommer, une terre toute neuve, inconnue, rousse et bleue, toute sèche et qui laissait voir ici et là, comme ses os, des rochers blancs. Le paysage avec ses haies interrompues de cyprès et de roseaux, toutes orientées au midi et parallèles, tournait comme un vaste éventail. Des petites taches de lumière scintillaient, s'éteignaient, se rallumaient, inexplicables, comme des orvets d'argent. Tout frémissait. Toute une légère vie entrait en moi comme une bénédiction. Après Marseille, nous arrivâmes à la mer. Il semblait que le train jouât avec elle. Elle apparaissait, disparaissait, reparaissait entre les rochers rouges, les bois de pins. Parfois les lacets obligeaient le train à beaucoup ralentir, et je reconnaissais presque à portée de ma main des arbres entiers de ce mimosa dont je n'avais jamais vu que ces rameaux coupés que ma mère, dans mon enfance, achetait chaque année avec l'orange de Noël. Ces petites branches vertes échevelées avec leurs bouffettes d'or étaient pour moi l'image même du luxe et du bonheur, et cela poussait ici en pleine terre. La mer aussi était autre que chez nous, si bleue, si calme, si heureuse, telle que plus tard je la mépriserais pour ces airs qu'elle a de fille trop parée et que je rendrais tout mon amour à la grande sauvage verte de ma jeunesse, mais dans l'instant même j'étais dans le saisissement comme au premier regard d'une femme très belle, et à chaque nouvelle calanque, je m'attendais, selon la promesse de mes livres, à voir surgir de l'onde Vénus elle-même toute nue.

Aux approches de Saint-Raphaël, je dus me soumettre à une ridicule épreuve. C'était vers les midi. Il faisait très chaud. Mon hôte avait de l'esprit, et nous étions convenus que nous nous retrouverions sur le quai de la gare et que, puisque je venais de Bretagne, j'arborerais, pour qu'il me reconnaisse, un gilet breton. Comment refuser? J'endossai donc, une demi-heure avant d'arriver, un vieux gilet magnifique de l'un de mes grands-pères, longtemps conservé dans la naphtaline, d'épais drap noir, à deux lourds parements croisés, l'un pour les jours de la semaine, l'autre pour les dimanches, brodé de grandes rosaces d'or, boutonné du haut en bas et jusqu'au col, et à l'intérieur molletonné. J'étouffais, et, quand je débarquai, ressemblais à une fontaine Wallace. Mon hôte était là, un gros homme généreux, coiffé d'un grand chapeau de rapin, avec une barbiche grise à la royale, et son fils, mon élève, un grand beau garçon énigmatique, qui, de toute évidence, avait grand-peine à ne pas rire. Les présentations faites, et sur le quai même, mon hôte gentiment m'invita à enlever mon gilet qui étincelait comme le soleil, et, au petit trot d'un cheval de fiacre, à travers la campagne parfumée, par le Dramont et Agay, nous allâmes à la Lézardière. Je retombai vite dans le ravissement.

C'était la première fois que je vivais dans la maison d'autrui. J'étais abasourdi. C'était une maison d'artistes. Mon hôte, M. H..., avait invité un autre peintre de ses amis, M. D..., et les deux familles vivaient paisiblement dans la villa. Je m'entends mal à la peinture et je ne saurais dire si M. H... et M. D... étaient de grands artistes ni quelle était la valeur de leurs œuvres. Ce qui est sûr, c'est qu'ils croyaient à leur art de toute leur âme. Chacun, de grand matin, était à son travail, et pour tout le jour. Seulement, vers les cinq heures, chaque soir, quand la lumière n'était plus bonne, ils s'en allaient tous deux à Agay chercher des journaux et boire frais. La villa était faite d'une grande salle où l'on mangeait, où l'on vivait et de chaque côté de laquelle étaient disposées des chambres devant des terrasses. L'une d'elles, l'atelier de M. H..., était un lieu sacré. Il n'était pas seulement interdit d'y entrer. On ne devait pas même regarder à travers ses verrières. On ne passait devant qu'en baissant les yeux, par crainte de provoquer en M. H..., qui était cependant le plus gentil des hommes, une véritable fureur. Il régnait tout autour de la maison un grand silence: on n'entendait que le grésillement des cigales dans les pins et le lapement des petites vagues sur les rochers. La mer était là et le soleil. Une seule fois, toute la maison fut secouée par un affreux fracas. C'était du côté de l'atelier. On y courut. M. H... jurait comme un démon devant un grand panneau qu'il était en train d'achever et qu'il avait jeté à terre, après avoir, de dépit, crevé la toile avec ses pinceaux.

Mon élève n'eut pas tout de suite pour moi le respect convenable. Nous faillîmes nous battre. A peine plus âgé, j'avais charge pourtant de représenter à ses yeux l'ordre, la discipline, le zèle, le travail, toutes choses, il faut bien le dire, qu'il avait souvent un peu méprisées. Par comble, son père lui faisait honte de mes évidentes vertus. Cela ne nous rapprochait pas. Mais l'atmosphère même de la maison arrangea tout. Un jour, au déjeuner, M. D..., qui s'amusait toujours et avait la dent dure, en conclusion à la célébration rituelle de mes mérites, me nomma, par antiphrase, « Ferdinand le noceur ». C'était le héros d'une pièce gaie de ce temps-là. Tout le monde éclata de rire, et moi-même. Peut-être ai-je ri un peu jaune dans le premier moment. Mais je fis sur cette plaisanterie, en me promenant dans les bois, toutes sortes de réflexions. Je compris qu'il fallait sourire enfin quelquefois à la vie, au soleil qui était là, que la gravité que les hasards de ma jeunesse avaient mise en moi pouvait être ridicule, et je ne fus plus désormais si terriblement sérieux, et mon élève et moi devînmes les meilleurs amis du monde.

Nous travaillions sur l'une des terrasses, à l'ombre d'un grand pin, malgré le feu du jour, fort sérieusement mais de bonne humeur. Je rapprenais le soir pour les enseigner le lendemain matin bien des choses que j'avais déjà oubliées, la physique, la chimie, les sciences naturelles, etc. Les problèmes de la philosophie nous passionnaient. Il manquait Socrate. Mais nous mettions à nous deux comme il faut l'univers en pièces et le reconstruisions avec facilité. Après quoi, on allait se baigner, nager, pêcher des oursins. La famille D... avait un fils, Marcel D..., qui faisait des études de droit, un grand beau garçon indolent, pour qui tout était clair et facile, évidemment né pour le bonheur, et que la guerre devait tuer. Ainsi étions-nous trois jeunes mâles dans la villa. M. H... en concevait quelque souci, parce qu'il y avait là aussi une brave grosse fille rousse qu'il avait choisie comme modèle pour la blancheur de sa peau et pour ses cheveux rutilants. Certains jours, des quartiers entiers du jardin nous étaient absolument interdits, parce que Roupoil, comme Marcel D... l'appelait irrévérencieusement, y posait quelque nymphe ou quelque déesse. Je n'oserais affirmer qu'aucun désir n'ait jamais rôdé dans le jardin, mais telle était notre crainte que je puis garantir qu'aucun de nous trois n'a jamais vu cette fille blanche et rousse toute déshabillée que sur les panneaux éclatants de la mairie de T... où elle offre aux nouveaux mariés les prémices de la volupté. Elle m'y est apparue, pour moi, singulièrement allongée et embellie. Comme quoi l'art n'est pas une simple imitation.

Mes hôtes avaient sûrement leurs inquiétudes et leurs chagrins, mais ils ne les montraient pas par élégance et discrétion, et je ne vis jamais que leur bonheur. Il y avait donc au monde des gens heureux et d'un bonheur qui me semblait proprement admirable. Les gens heureux que j'avais jusqu'alors entrevus m'avaient toujours paru un peu méprisables, si bien que la vie même m'avait été suspecte. Ou bien on avait tant de peine à la gagner qu'on perdait, dans cet effort, jusqu'à la dignité. Ou bien la peine des autres vous la gagnait, et on s'avilissait par l'injustice, la dureté et la vanité. Mais je découvrais, en même temps que le soleil, qu'il y avait des gens heureux qui étaient certainement bons, qu'il y avait une grâce de la vie, des hommes qui ne pensaient pas d'abord à l'argent qu'ils gagnaient ou ne gagnaient pas. L'idée qu'ils étaient riches ou pauvres ne leur mangeait pas toujours le cœur ou le foie. Même ils auraient voulu n'y pas du tout penser. Il y avait au monde de la gentillesse – c'était une grande révélation – une tendresse dont, bien sûr, je ne serais jamais capable, parce qu'il ne suffisait pas de le vouloir. C'était une certaine disposition de toute l'âme, un certain regard sur les êtres et les choses, une manière confiante de se donner à elles, telle que, par une réciprocité mystérieuse, elles se donnaient aussi immédiatement à vous, si bien que vous ne viviez plus dans la sécheresse de votre pauvre et misérable moi, mais dans l'épaisseur du monde, douce et chaude comme le sein où s'appuie la joue d'un enfant. Je me sentais tout détendu, envahi d'une sorte de nostalgie de tout ce que j'aurais dû être et que je n'étais pas. Je ne sais quelle mollesse s'insinuait en moi; je n'étais plus très sûr que cette volonté ambitieuse qui avait été mon seul recours pendant des années valût rien. Même la paresse de

Marcel D... qui, étendu sur le sable, attendait que le dore le soleil, me semblait pleine de judicieux conseils. Mon élève aussi me semblait beaucoup savoir sans avoir rien appris, simplement parce qu'il était bien né, je veux dire parce qu'il avait eu la chance de grandir dans une maison où il suffisait de se frotter aux meubles, de lever les yeux et de regarder autour de soi, d'écouter ce qui se disait pour qu'on ne sait quel charme pénétrât en vous, vous affinât, vous assouplît, mît en vous une humanité qui peut-être me manquerait toujours. Je pressentais ce qu'était une tradition de finesse et de grandeur. Il y avait au monde des hommes en qui la race humaine manifestait son antiquité et sa plénitude, des hommes pour qui rien ne se perdait, pas un parfum, pas un reflet, pas un écho. Naïvement j'ouvris les yeux, je tendis l'oreille, j'aspirai les senteurs de l'air, comme je n'avais jamais fait, avec l'espoir que d'extraordinaires trésors allaient m'être révélés. Comme si cette attention au monde pouvait être l'effet d'une décision et n'était le plus beau don des fées. Je fis pourtant quelques découvertes, la petite étoile parfumée du jasmin dans les haies de clôture, les jeux de la lumière sur l'écorce des pins, les cigales frémissantes posées sur les branches des arbres et qui, à mon approche, brusquement se taisaient. O bonheur ! ô plaisir de s'oublier et de se perdre pour une petite merveille qui s'offre à portée de la main ! O charmes que je n'avais jamais devinés, dont je n'avais jamais pensé qu'ils pussent me concerner ! Et des hommes passaient toute leur vie à les reconnaître et à les poursuivre. Sans doute j'avais été déjà touché par des œuvres d'art, mais je ne savais pas, je ne m'étais jamais demandé comment elles se faisaient, par quel travail, par quelle magie. Sûrement la condition de tout était cette gentillesse même, ce long et attentif amour dont les délices venaient plus encore d'aimer que d'être aimé. Je voyais bien que tout assez rapidement se compliquait, que cet amour pouvait être malheureux, que les choses pouvaient parfois se refuser ou être laides et indignes qu'on les regardât longtemps, enfin que tout n'était pas grand au monde. N'importe ! Il fallait d'abord ce plaisir, en dépit de tout, à les regarder, cette curiosité attendrie, davantage: un passionné désir de tout justifier. Les choses, comme elles étaient, n'étaient peut-être rien. La blancheur du teint, la tignasse dorée de Mlle Roupoil n'étaient de toute évidence que des prétextes. M. H... lui avait allongé les jambes, aminci la taille, donné d'autres mesures. C'était à croire qu'une grande belle fille venue d'un autre monde avait abordé quelquefois sans qu'on n'en sût rien, en bas, sur la plage de la calanque et s'était montrée au seul M. H... On ne pouvait pas plus douter de son existence que de celle du monde qui l'avait déléguée. C'était Roupoil et ce n'était pas elle. Elle avait comme elle de petits frisons d'or dans le cou, des taches de rousseur sur le visage et même un petit grain de beauté tout noir à la commissure droite des lèvres. Mais on ne savait comment dans la belle image que composait M. H... tout était devenu référence et réponse à un autre cœur plus fort et plus exigeant que celui qui remplit en nous, si patiemment, sa fonction, et nous aide, le bon esclave, à traverser l'espace et le temps. Oui, tout parlait en elle d'un autre cœur plus fier et plus avide et qui cependant trouvait sa satisfaction. Les taches roses sur les joues faisaient comme un semis d'étoiles. Et comment le lourd couffin de cheveux sous lequel Roupoil pliait comme sous le fronton d'un temple était-il devenu la matière de ces flammes dans le vent auxquelles on eût voulu brûler ses mains. C'étaient bien aussi ses longs yeux, mais jamais n'y avais-je vu cette douce et noire lumière qui, dans l'instant même, vous rassurait et vous inondait de joie, et, entre le souvenir et le pressentiment, donnait à ce visage peint un air d'éternité. Le regard de M. H... avait fabriqué tout cela.

Car je n'avais pas résisté. Un après-midi que j'étais seul à la villa, j'avais entrouvert la porte interdite. Au milieu d'un incroyable bric-à-brac, des tabourets défoncés, des tables encombrées, des soies déchirées, entre vingt esquisses d'elle à ras du sol, appuyées à tous les meubles, peintes sans doute dans le jardin, et où, dans toutes les poses, on la reconnaissait telle qu'elle était dans l'ordinaire des jours, avec sa taille lourde, ses mains un peu grasses, son visage un peu bête, mais toujours son teint pâle, ses longs yeux et ses cheveux rutilants, au fond de l'atelier, Mlle Roupoil s'avançait, transfigurée, versant les grâces et les indulgences de son beau regard sur les pauvres ébauches d'elle-même répandues à ses pieds. Alors, un instant, je crus comprendre ce qu'on m'avait dit dans mon enfance, comment Dieu avait fait le monde avec le chaos.

Je ne dis à personne quelle vision j'avais eue. Je la gardai en moi durant toutes les vacances, tant que dura mon préceptorat. La grande fille peinte souvent marchait devant moi, quand j'allais seul me promener par les sentiers de l'Esterel. Elle était la joie du monde, l'entremetteuse. Elle m'aidait à rêver d'un autre moi-même apaisé, réconcilié, indulgent comme elle, gentil enfin et qui n'aurait pas su que se battre. J'entrevoyais que la plus grande victoire n'était pas à gagner sur les autres; on la gagnait contre soi-même. Ah ! qu'il y eût en moi le même calme, la même force qui rayonnait de la belle image !

Mais quand je revins à Paris, je recommençai vite à cingler en imagination les avoines que je jugeais trop hautes et trop orgueilleuses. On ne quitte pas si aisément le grand pays des petites gens. Une saison ne suffit pas à vous le faire oublier. Je retombai à ma manie de juger, et même une autre rencontre que je fis me convainquit qu'on ne sortait pas de soi-même, et je retournai presque joyeusement à mes habituelles fureurs. J'ai mêlé tous les temps sans scrupules, comme un romancier américain, ou comme mon ami Guilloux dans son *Jeu de Patience*, mais il a lui ses raisons. J'ai peut-être les miennes: nous ne sommes pas ce que nos aventures nous font un moment paraître. Le pauvre Jean-Jacques, quand le souvenir de ses fautes le désespérait, le mettait au bord de la folie, quand il n'avait plus la force de considérer les abîmes de honte où il lui semblait être parfois tombé, était justifié à protester que les hommes et Dieu même n'ont droit de nous juger que sur notre « constante manière d'être ». A ce compte-là les hommes et les événements avaient bien pu se jouer de lui et le faire apparaître comme un « méchant », mais il était sûr, lui, d'être vertueux. Dans ce récit de quelques rencontres, je cherche ce que je fus le plus constamment. Je suis moins sûr de ma vertu, et je suis vite tombé de cette sagesse que l'image de la grande fille peinte m'avait apprise.

Il arriva qu'un grand financier, à qui on avait raconté les singularités de ma jeunesse, crut tout justement avoir trouvé en moi le jeune maître qu'il fallait pour ouvrir les yeux à l'un de ses fils sur les misères des hommes et l'inégalité des conditions. C'était un homme « social », comme on commençait à dire. Il téléphonait, tous les jours que faisait Dieu, d'une voix sans timbre, à tous les horizons du monde, tous les ordres nécessaires à faire suer à la conjoncture et à l'événement, à la paix ou à la guerre, indifféremment, le plus d'argent possible: alors, toutes ses affaires bien en ordre, il s'attendrissait sur les malheurs du monde, sincèrement et jusqu'aux larmes et travaillait à les guérir. Il me convoqua, même m'invita à déjeuner comme un monstre édifiant à présenter à ses enfants, et afin de supprimer tout de suite les distances et de proclamer à sa table la sainte égalité. On ne m'avait jamais fait tant d'honneur. J'étais assis à la droite de la maîtresse de maison. Je mangeai avec attention. Une chose me gêna tout au long du repas : la présence papelarde des valets en livrée, et davantage, ces gants blancs de filoselle, un peu trop grands, qu'ils avaient aux mains, pour nous tendre du pain dans une corbeille ou nous verser du vin – de l'eau plutôt, car le vin était bon mais rare, comme il arrive dans ces maisons, et le verre à eau large comme un baquet, mais le verre à vin étroit comme un dé à coudre – comme si rien de leur roture et de leur peau n'eût jamais dû entrer en contact avec nos sacrées personnes, fût-ce par l'intermédiaire d'aucun objet. Mais ils se rattrapaient sûrement à la cuisine en lavant de leurs mains nues la vaisselle que nous avions salie. Mes hôtes m'interrogèrent sur mon enfance, ma famille, mon travail à l'usine et s'exclamaient d'une admiration qu'ils espéraient communiquer à leurs enfants autour de la table. Je répondis assez sèchement et mal. On m'imposait un rôle : j'étais « le pauvre », comme dans un poème de Victor Hugo, un pauvre de démonstration, et furieux. Après le repas, le financier généreux m'entraîna seul dans son cabinet, me passant son bras, comme un vieil ami, autour du cou. C'était à Saint-Cloud, un jour de printemps. Je revois dans une fenêtre les petites pointes vertes des bourgeons et les grappes jaunes d'un cytise, et j'entends les cris des jeunes gens qui faisaient des balles dans le parc : Play ! Out ! Play !

– Mon petit, me dit-il, vous me comprenez bien. Il ne s'agit pas du tout de leçons. Ce que nous vous demandons, ma femme et moi, est plus difficile et plus précieux. Alain a toujours très bien passé ses examens. Il était à Janson un excellent élève. Le cher enfant ne nous a jamais inquiétés. Ses frères non plus d'ailleurs. Le voici entré, très jeune, et dans un très bon rang, à Polytechnique. Il n'a nul besoin que vous lui enseigniez la littérature ou la philosophie. Cela, d'autres pourraient le faire comme vous ! Mais ce que nous souhaiterions, vous seul pouvez le faire. Alain est un peu distant. Ses frères ont plus de rondeur. Ils seront tous deux médecins, et les hommes les intéressent. Oh ! je suis sûr qu'Alain fera admirablement son métier. Mais la finance est sèche, et, ce disant, mon hôte eut un sourire où il entrait du regret, de la bonté. Voilà ! nous voudrions, ma femme et moi, que vous lui appreniez un peu ce que sont les hommes...

J'éclatai de rire, mais il continua :

– Vous m'entendez bien, les hommes ! Je veux dire les autres hommes que ceux parmi lesquels il a grandi et vivra. Nous craignons qu'il ne voie pas les questions, qu'il ne les sente pas ! Un homme, un homme vrai de ce temps, ne peut pas ignorer ce qui se passe au-delà des limites de ce jardin.

Et d'un geste sincère, il me montrait, au-delà des grappes de cytise et du tennis et du parc, et du fleuve, la grande ville pleine d'énigmes. Sa sincérité lui donnait une sorte d'éloquence.

– Voilà ! vous êtes tout ce que n'est pas Alain, et il est tout ce que vous n'êtes pas. Nous ne vous demandons pas pour lui votre amitié, mais nous souhaiterions que vous vous promeniez quelquefois avec lui, le dimanche, le jeudi, quand il est libre. Ne comptez pas les heures ! Et que vous soyez devant lui vous-même simplement, que vous réagissiez au spectacle, aux choses, à votre ordinaire, sans précaution et sans scrupules. Ce que vous lui direz le choquera sans doute. Mais c'est ce choc même que nous voulons. Il est gentil. Vous discuterez. Cela peut vous être à l'un et à l'autre d'un grand profit.

J'ai souvent repensé depuis à cette étrange conversation, et, à mesure que j'ai vu se développer la longue guerre des riches et des pauvres, j'ai mieux apprécié ce qu'elle avait de pathétique, mais je dois bien avouer que, dans l'instant même, je fus plus étonné qu'ému. J'étais plein de méfiance. Je ne comprenais rien aux façons de ce grand bourgeois libéral. Je sentais de la gêne et de la colère. Je répondis, le plus poliment possible, que le plus intime de moi n'était pas à vendre, mais le ton monta malgré moi. J'expliquai que je pouvais parler de Cicéron ou de Virgile, voire de Socrate ou de Montaigne, ou de Pascal... avec conviction certes, mais enfin sans y engager toute mon âme, mais qu'il était telles choses – et c'étaient celles-là mêmes dont on m'invitait à bavarder avec Alain – dont la seule idée me faisait trembler, qui me privaient de toute liberté et m'emplissaient immédiatement de l'unique passion de persuader. J'ajoutai naïvement que, si, sur de tels sujets, je parvenais à convaincre en effet mon élève, mon compagnon, il n'en pourrait résulter que du trouble dans sa famille. Mais mon hôte tint bon : il avait du bon sens et déclara ne pas craindre ce trouble même. Piqué peut-être, je finis lâchement par accepter.

Mais Alain et moi, nous ne fîmes ensemble qu'une promenade. Un jeudi, j'allai le prendre chez lui et nous descendîmes ensemble de Saint-Cloud jusqu'au Louvre. Ce fut d'un ennui mortel. Je n'ai jamais si péniblement et si mal gagné mon argent. Marchant près de ce jeune garçon si élégant, si poli, si gentil, mais si tranquille, si rassuré, si heureux d'un vieux bonheur qu'on lui avait transmis, en même temps que ses yeux, j'étais bien incapable d'être moi-même, comme je l'avais promis. Je me sentais mal habillé et je devinais qu'il s'en était aperçu. Il était plus grand que moi, et je devais lever la tête pour lui parler. A chacune de mes paroles je voyais sur son visage le même sourire, le même acquiescement, la même disponibilité. Déjà, il me protégeait, comme son père. Dans vingt ans, il ne manquerait pas, lui non plus, d'appeler le précepteur de son fils « mon petit ». Nous ne trouvions rien à nous dire. Devais-je lui faire, en traversant Boulogne, un sermon sur les usines et l'insécurité ouvrière, à la Porte de Saint-Cloud, un autre sermon sur la dureté des riches, et, devant le Louvre, dénoncer « leur Louvre », comme Lénine, un jour, avait dénoncé à Trotsky « leur Westminster »? Nous finîmes heureusement l'un et l'autre par céder à notre jeunesse. Il me parla de Polytechnique et je lui parlai de l'Ecole normale. Mais nous fûmes bien contents de nous séparer au Palais-Royal. Je m'engouffrai dans le métro, tandis que, pour rentrer, il hélait un taxi. Nous ne nous sommes pas revus. Chacun de nous retournait à son ordre, à son monde, peut-être à sa prison.

Il n'est pas si simple d'entrer dans l'âme et dans la vie des autres. Ce n'est pas une science qui se vende ou s'achète, comme le latin ou le grec ou les mathématiques. Ç'avait été une grande maladresse de nous faire un devoir de la communication et de l'échange. C'était nous les rendre tout à fait impossibles. Nous ne parlions pas la même langue. Les mots les plus simples, ceux à quoi tient le destin de tous les hommes, le pain, le travail, l'argent, l'amour, l'amitié, la maladie, la mort n'avaient pas en nous deux le même sens, ne créaient pas la même tension, n'évoquaient pas les mêmes problèmes. Chacun a son dictionnaire. Je ne sais pas d'expérience plus vaine que celle de quelques hommes riches et généreux que j'ai connus et qui, par passion de connaître enfin la vie des pauvres, se sont faits pour quelque temps ouvriers, travaillant à l'usine, logeant dans des garnis, s'imposant même de ne vivre que de leur paie, mais, tout cela, adossés à leur fortune et sûrs de se retrouver riches demain. Aucune vie ne supporte de copie, et cela suffit, quelle qu'elle soit, à garantir sa valeur.

J'avais maintenant largement passé vingt ans, je demandais tout au plus à la vie une dizaine d'années encore. Les trente-trois ans du Christ, bien sûr, me suffiraient, mais il me les fallait absolument. Sans savoir au juste à quoi j'emploierais ces années, je me voyais les vivre dans la frénésie. Après quoi, bernique, je pourrais mourir. La mort ne m'effrayait pas. J'aurais fait ce que j'avais à faire. Mais dans l'instant même, ah ! vivre, vivre ! Je préparais bien par nécessité et dans l'impatience quelques derniers examens, mais cette fièvre me mit dans l'esprit de composer un grand drame qui resterait comme le témoignage éternel de mes découvertes. J'allai jusqu'au titre. J'en trouvai un qui me parut admirable. C'était la *Clairière des Destins.* Je ne l'ai jamais écrit mais j'y ai rêvé toute ma vie. La mode était alors à Maeterlinck, et je la subissais, dans le moment même où je croyais être au plus profond de moi. Ce serait un drame et une féerie. On y chanterait, on y danserait. Je comptais associer à mon œuvre un camarade musicien aussi fou que moi en compagnie de qui je passais alors des après-midi à manœuvrer patiemment le soufflet d'un petit jeu d'orgues qu'il y avait à l'Ecole normale et, sur lequel, après m'avoir joué Bach ou Franck, il improvisait des heures entières, dans le feu du génie, et confessait notre folie commune aux cieux. Il composerait la musique de mon livret. Naturellement je n'en ai à peu près rien écrit. Quelques fragments de chansons pourtant, s'il m'en souvient, peut-être en marge du sujet dont la seule idée me bouleversait mais que je ne parvenais pas à étreindre. Il ne s'agissait de rien moins que de toute la vie et de toute la mort, l'une dans l'autre mêlées, et dont je ne doutais pas de connaître tous les secrets. J'ignorais ce que l'on n'apprend que par mille essais, la modestie, et qu'une œuvre d'art, qu'un témoignage valable d'homme n'est que la récompense d'une longue attention à une chose qu'il est difficile d'isoler à l'intérieur de ce tout qui vous oppresse, qu'il faut se résigner au détail, au peu qu'on sait vraiment, qu'il faut avoir beaucoup vécu et avoir vu beaucoup mourir pour savoir qu'un seul visage humain peut être le miroir et le résumé de la création. Je ne voulais pas moins que tout dire, et du premier coup, sans me rendre compte que je ne rêvais encore à rien d'autre qu'à moi-même et que ce n'était jamais que ma propre vie que je regardais se composer dans la clairière. On ne se débarrasse pas, à cet âge, si aisément de soi. Aujourd'hui, peut-être que par-delà les années, dans ce lointain, je puis me voir comme un autre, un étranger dont je m'amuse. C'est maintenant seulement que, si j'étais poète, je pourrais essayer de dire ce qui se passe vraiment dans la clairière des destins. Quel prétexte à quelle musique, à quelle féerie, à quel ballet ! Que chacun y rêve pour son propre compte !

Une affiche blanche que je trouvai un après-midi de juillet en sortant, au coin de la rue Gay-Lussac, m'envoya à la guerre et m'avertit qu'on ne change pas sa vie à soi seul et qu'il faut, pour la changer, changer aussi la vie des autres.

TABLE DES MATIÈRES

Dans la collection
Les Cahiers Rouges

Joseph d'Arbaud	42	*La Bête du Vaccarès*
Jacques Audiberti	187	*L'Opéra du monde*
Marguerite Audoux	79	*L'atelier de Marie-Claire*
Marguerite Audoux	78	*Marie-Claire*
François Augiéras	216	*L'apprenti sorcier*
François Augiéras	257	*Domme ou l'essai d'occupation*
François Augiéras	234	*Un voyage au mont Athos*
Marcel Aymé	23	*Clérambard*
Marcel Aymé	240	*Vogue la galère*
Charles Baudelaire	172	*Lettres inédites aux siens*
Béatrix Beck	92	*La décharge*
Béatrix Beck	93	*Josée dite Nancy*
Jurek Becker	253	*Jakob le menteur*
Julien Benda	247	*La tradition de l'existentialisme*
Julien Benda	127	*La trahison des clercs*
Emmanuel Berl	236	*La France irréelle*
Emmanuel Berl	166	*Méditation sur un amour défunt*
Emmanuel Berl	80	*Rachel et autres grâces*
Tristan Bernard	196	*Mots croisés*
Princesse Bibesco	115	*Catherine-Paris*
Princesse Bibesco	262	*Le confesseur et les poètes*
Ambrose Bierce	47	*Histoires impossibles*
Ambrose Bierce	68	*Morts violentes*
André Breton, Lise Deharme, Julien Gracq, Jean Tardieu	52	*Farouche à quatre feuilles*
Charles Bukowski	164	*Au sud de nulle part*
Charles Bukowski	204	*Factotum*
Charles Bukowski	108	*L'amour est un chien de l'enfer t.1*
Charles Bukowski	121	*L'amour est un chien de l'enfer t.2*
Charles Bukowski	60	*Le Postier*
Charles Bukowski	153	*Souvenirs d'un pas grand-chose*
Charles Bukowski	188	*Women*
Anthony Burgess	191	*Pianistes*
Michel Butor	199	*Le génie du lieu*
Erskine Caldwell	17	*Une lampe, le soir...*
Henri Calet	161	*Contre l'oubli*
Henri Calet	169	*Le croquant indiscret*
Hans Carossa	278	*Journal de guerre*
Blaise Cendrars	01	*Moravagine*

Blaise Cendrars	120	*Rhum*
Blaise Cendrars	72	*La Vie dangereuse*
André Chamson	61	*L'Auberge de l'abîme*
Jacques Chardonne	18	*Claire*
Jacques Chardonne	39	*Lettres à Roger Nimier*
Jacques Chardonne	101	*Les Varais*
Jacques Chardonne	32	*Vivre à Madère*
Alphonse de Châteaubriant	49	*La Brière*
Bruce Chatwin	77	*En Patagonie*
Bruce Chatwin	171	*Les jumeaux de Black Hill*
Bruce Chatwin	251	*Utz*
Hugo Claus	74	*La Chasse aux canards*
Emile Clermont	207	*Amour promis*
Jean Cocteau	88	*La corrida du 1er Mai*
Jean Cocteau	116	*Les Enfants terribles*
Jean Cocteau	09	*Journal d'un inconnu*
Jean Cocteau	114	*Lettre aux Américains*
Jean Cocteau	173	*La machine infernale*
Jean Cocteau	33	*Portraits-souvenir*
Jean Cocteau	201	*Reines de la France*
Vincenzo Consolo	125	*Le sourire du marin inconnu*
Salvador Dali	107	*Les cocus du vieil art moderne*
Léon Daudet	29	*Les Morticoles*
Léon Daudet	254	*Souvenirs littéraires*
Degas	242	*Lettres*
Joseph Delteil	15	*Choléra*
Joseph Delteil	224	*La Deltheillerie*
Joseph Delteil	190	*Jeanne d'Arc*
Joseph Delteil	259	*Jésus II*
Joseph Delteil	243	*La Fayette*
Joseph Delteil	69	*Les Poilus*
Joseph Delteil	16	*Sur le fleuve Amour*
André Dhôtel	27	*Le Ciel du faubourg*
Charles Dickens	145	*De grandes espérances*
Maurice Donnay	225	*Autour du Chat Noir*
Alexandre Dumas	283	*Catherine Blum*
Alexandre Dumas	282	*Jacquot sans Oreilles*
Umberto Eco	175	*La guerre du faux*
Ralph Ellison	149	*Homme invisible, pour qui chantes-tu ?*
Oriana Fallaci	252	*Un homme*
Ferreira de Castro	95	*Forêt vierge*
Ferreira de Castro	273	*La mission*
Max-Pol Fouchet	217	*La rencontre de Santa Cruz*
Georges Fourest	270	*La négresse blonde*
Jean Freustié	189	*Proche est la mer*
Carlo Emilio Gadda	140	*Le château d'Udine*
Gabriel García Márquez	228	*L'automne du patriarche*

Gabriel García Márquez	174	*Chronique d'une mort annoncée*
Gabriel García Márquez	132	*Des feuilles dans la bourrasque*
Gabriel García Márquez	137	*Des yeux de chien bleu*
Gabriel García Márquez	123	*Les funérailles de la Grande Mémé*
Gabriel García Márquez	124	*L'incroyable et triste histoire de la candide Erendira*
Gabriel García Márquez	138	*La Mala Hora*
Gabriel García Márquez	130	*Pas de lettre pour le colonel*
Gabriel García Márquez	263	*Récit d'un naufragé*
David Garnett	195	*La femme changée en renard*
Gauguin	156	*Lettres à sa femme et à ses amis*
Maurice Genevoix	02	*La Boîte à pêche*
Maurice Genevoix	218	*Raboliot*
Natalia Ginzburg	139	*Les mots de la tribu*
Jean Giono	179	*Colline*
Jean Giono	205	*Jean le Bleu*
Jean Giono	34	*Mort d'un personnage*
Jean Giono	71	*Naissance de l'Odyssée*
Jean Giono	229	*Que ma joie demeure*
Jean Giono	155	*Regain*
Jean Giono	279	*Le Serpent d'Étoiles*
Jean Giono	222	*Un de Baumugnes*
Jean Giono	208	*Les vraies richesses*
Jean Giraudoux	46	*Bella*
Jean Giraudoux	203	*Églantine*
Jean Giraudoux	181	*La menteuse*
Jean Giraudoux	103	*Siegfried et le Limousin*
Ernst Glaeser	62	*Le Dernier Civil*
William Goyen	142	*Savannah*
Jean Guéhenno	117	*Changer la vie*
Yvette Guilbert	214	*La chanson de ma vie*
Louis Guilloux	134	*Angélina*
Louis Guilloux	76	*Dossier confidentiel*
Louis Guilloux	264	*Hyménée*
Louis Guilloux	05	*La Maison du peuple*
Kléber Haedens	35	*Adios*
Kléber Haedens	89	*L'été finit sous les tilleuls*
Kléber Haedens	235	*Magnolia-Jules/L'Ecole des parents*
Kléber Haedens	97	*Une histoire de la littérature française*
Knut Hamsun	53	*Vagabonds*
Joseph Heller	44	*Catch 22*
Louis Hémon	19	*Battling Malone, pugiliste*
Louis Hémon	55	*Monsieur Ripois et la Némésis*
Pierre Herbart	281	*Histoires confidentielles*
Hermann Hesse	82	*Siddhartha*
Panaït Istrati	30	*Les Chardons du Baragan*
Henry James	255	*Les journaux*

André Maurois	180	*Les silences du Colonel Bramble*
Frédéric Mistral	268	*Mirèio-Mireille*
Thyde Monnier	267	*La rue courte*
Paul Morand	90	*Air indien*
Paul Morand	83	*Bouddha vivant*
Paul Morand	113	*Champions du monde*
Paul Morand	48	*L'Europe galante*
Paul Morand	04	*Lewis et Irène*
Paul Morand	67	*Magie noire*
Alvaro Mutis	167	*La dernière escale du tramp steamer*
Alvaro Mutis	163	*Ilona vient avec la pluie*
Alvaro Mutis	159	*La neige de l'Amiral*
Vladimir Nabokov	06	*Chambre obscure*
Sten Nadolny	261	*La découverte de la lenteur*
Irène Némirovsky	122	*L'Affaire Courilof*
Irène Némirovsky	51	*Le Bal*
Irène Némirovsky	63	*David Golder*
Irène Némirovsky	87	*Les mouches d'automne*
Gérard de Nerval	226	*Poèmes d'Outre-Rhin*
Paul Nizan	50	*Antoine Bloyé*
François Nourissier	07	*Un petit bourgeois*
René de Obaldia	08	*Le Centenaire*
René de Obaldia	151	*Innocentines*
Edouard Peisson	183	*Hans le marin*
Edouard Peisson	260	*Le pilote*
Édouard Peisson	212	*Le sel de la mer*
Sandro Penna	239	*Un peu de fièvre*
Joseph Peyré	40	*L'Escadron blanc*
Joseph Peyré	152	*Matterhorn*
Joseph Peyré	98	*Sang et Lumières*
Charles-Louis Philippe	57	*Bubu de Montparnasse*
Charles-Louis Philippe	285	*Marie Donadieu*
André Pieyre de Mandiargues	118	*Le Belvédère*
André Pieyre de Mandiargues	119	*Deuxième Belvédère*
André Pieyre de Mandiargues	26	*Feu de Braise*
Raoul Ponchon	275	*La muse au cabaret*
Henry Poulaille	219	*Pain de soldat*
Henry Poulaille	65	*Le Pain quotidien*
John Cowper Powys	96	*Camp retranché*
Bernard Privat	221	*Au pied du mur*
Raymond Radiguet	200	*Le diable au corps*
Charles-Ferdinand Ramuz	66	*Aline*
Charles-Ferdinand Ramuz	43	*Derborence*
Charles-Ferdinand Ramuz	246	*Le garçon savoyard*
Charles-Ferdinand Ramuz	104	*La grande peur dans la montagne*
Charles-Ferdinand Ramuz	215	*Jean-Luc persécuté*
Charles-Ferdinand Ramuz	241	*Joie dans le ciel*

Paul Reboux et Charles Muller	258	*A la manière de..., T.I*
Paul Reboux et Charles Muller	272	*A la manière de..., T.II*
Jean François Revel	75	*Sur Proust*
André de Richaud	22	*La Barette rouge*
André de Richaud	86	*La douleur*
André de Richaud	20	*L'Étrange Visiteur*
Rainer-Maria Rilke	24	*Lettres à un jeune poète*
Marthe Robert	94	*L'Ancien et le Nouveau*
Christiane Rochefort	276	*Archaos*
Christiane Rochefort	271	*Printemps au parking*
Auguste Rodin	245	*L'art*
Mark Rutherford	111	*L'autobiographie de Mark Rutherford*
Maurice Sachs	73	*Au temps du Boeuf sur le toit*
Vita Sackville-West	141	*Au temps du roi Edouard*
Claire Sainte-Soline	250	*Le dimanche des Rameaux*
Leonardo Sciascia	128	*L'Affaire Moro*
Leonardo Sciascia	110	*Du côté des infidèles*
Leonardo Sciascia	109	*Pirandello et la Sicile*
Jorge Semprun	144	*Quel beau dimanche*
Victor Serge	265	*Les derniers temps*
Victor Serge	58	*S'il est minuit dans le siècle*
Friedrich Sieburg	135	*Dieu est-il Français?*
Ignazio Silone	210	*Fontamara*
Ignazio Silone	21	*Une poignée de mûres*
Osvaldo Soriano	233	*Quartiers d'hiver*
Philippe Soupault	70	*Poèmes et poésies*
Roger Stéphane	209	*Portrait de l'aventurier*
André Suarès	136	*Vues sur l'Europe*
Pierre Teilhard de Chardin	168	*Écrits du temps de la guerre (1916-1919)*
Pierre Teilhard de Chardin	248	*Genèse d'une pensée*
Pierre Teilhard de Chardin	249	*Lettres de voyage*
Paul Theroux	182	*Voyage excentrique et ferroviaire autour du Royaume-Uni*
Roger Vailland	192	*Bon pied bon oeil*
Roger Vailland	84	*Éloge du cardinal de Bernis*
Roger Vailland	147	*Les mauvais coups*
Roger Vailland	154	*Un jeune homme seul*
Vincent Van Gogh	105	*Lettres à son frère Théo*
Vincent Van Gogh	148	*Lettres à Van Rappard*
Vercors	158	*Sylva*
Paul Verlaine	146	*Choix de poésies*
Frédéric Vitoux	194	*Bébert, le chat de Louis-Ferdinand Céline*
Ambroise Vollard	197	*En écoutant Cézanne, Degas, Renoir*
Kurt Vonnegut	198	*Galápagos*
Jakob Wassermann	160	*Gaspard Hauser*

Mary Webb	54	*Sarn*
Kenneth White	56	*Lettres de Gourgounel*
Walt Whitman	106	*Feuilles d'herbe t.1*
Walt Whitman	193	*Feuilles d'herbe t.2*
Jean-Didier Wolfromm	277	*Diane Lanster*
Émile Zola	162	*Germinal*
Zola, Maupassant, Huysmans, Céard, Hennique, Alexis	129	*Les soirées de Médan*
Stefan Zweig	64	*Brûlant secret*
Stefan Zweig	12	*Le Chandelier enterré*
Stefan Zweig	91	*Érasme*
Stefan Zweig	31	*La Peur*
Stefan Zweig	14	*La Pitié dangereuse*
Stefan Zweig	256	*Souvenirs et rencontres*
Stefan Zweig	186	*Un caprice de Bonaparte*

Cet ouvrage a été reproduit
par procédé photomécanique par la
SOCIÉTÉ NOUVELLE FIRMIN-DIDOT
Mesnil-sur-l'Estrée
pour le compte des Éditions Grasset
en mai 1999

Imprimé en France
Première édition, dépôt légal : mars 1990
Nouveau tirage, dépôt légal : mai 1999
N° d'édition : 11173 - N° d'impression : 47188
ISBN : 2-246-35322-X
ISSN : 0756-7170